河出文庫

あの蝶は、蝶に似ている

藤沢周

河出書房新社

目次

あの蝶は、蝶に似ている

風のなかの蝶の重力、かと思っていた。

ゆるい風か、それとも荒れ乱れた風かは分からない。一匹の蝶がその風に翻弄されつつも、絶命的なバランスで宙を泳いでいく。煽られ、揺らめき、また立て直し、宙に浮いては、はためく。一体何の目的があって、羽を懸命に広げた蝶が風の中を向かっているのか。それを考えるだけで、腹の中がねじられるような不穏な気分になるじゃないか。儚《はかな》げだけれど野の力を持った命が、空気の断層とも亀裂ともいえる境界に添うように渡りゆく。

息が止まるかと思ったよ、風のなかの蝶の重力……。

だが、物故した歌人の遺《のこ》したフレーズは、風のなかの蝶の重心、だった。重力と重心……。近いともいえるが似て非なるものにこだわってしまい、あえて記憶違いのままのフレーズを女に伝えようとして、結局、黙したままその時は別れてしまった気がする。いや、いわないままで良かったのだとも思う。風に弄ばれながら一匹の蝶が飛んでいるのではなく、飛んでいる時に一陣の風が吹いたに過ぎないかも知れない。いずれにせよ、俺のたじろぎは、風よりも逞しく鈍感ともいえる一匹の無心の本能に対してで、それは自分の中にも確実に潜んでいるのかも知れないものだ。口にしたらそれを明かすと同じことだろう。

　襲いかかるほどの新緑の葉群に怯《ひる》みながら、山門の下で薄く煙る霧雨に目を細めてみる。楓《かえで》の若葉はこちらの心自体を慰撫《いぶ》するかに見えて、雪崩《なだれ》を起こしたように重なり、零れ、宙に溢れかえっている。しっとりと微雨《びう》を吸い取った青い気が肺の中を洗ってくれるが、逆に胸中にわだかまる小さな熾《おこ》りを赤く灯らせた。

「……この山門で……」

　呟きを独り漏らしてみると、あまりにうそ寒い。生臭いものが淫らに糸を引いて、たわみ、小さな重さに切れながら白く濁った玉を弾かせたようだ。そんな独り言を零している知命《ちめい》近い男など、演技じみていて鳥肌が立つ。

「そして、あの二番目の柱、だ……」

　すでに誰もいない夕刻の古刹《こさつ》の境内に紛れ込んで、雨に濡れた緑に染まろうとしたのか、それとも女といた場所に戻って疼きを愛《め》でようとしたのか。

仏像の衣文《えもん》のような木目を露《あら》わにした太い柱に近寄ると、年月に乾いてしまった埃臭いにおいと、霧雨の染みたにおいが混じり合って、人の体臭を思わせる。天明時代に再建だなんて本気なのか？　とその柱を平手で叩いてみて、まるで動じない。重い。そして、やはり埃臭く、また湿っている。

楼門の二階に息を潜めている十六羅漢《らかん》や、仏堂本尊の宝冠釈迦如来坐像《ほうかんしやかにょらいざぞう》の巨根をふと想うと、「……不埒《ふらち》なひと……」と囁く女の声が耳を湿らせた。

ならば、この柱に、細く伸びやかな腕を回したのは、一体誰だ？

闇の肉が口を開いて濡れ光る。夜の沼の水面に跳魚《はねうお》が光る。頭を振って、強く境内の空気を吸い込むが、また歌人のフレーズが脳裏を過《よ》ぎった。

森にて森のものが光る。

山門の土台の石も、人々の足跡で角を丸くし、気泡を孕《はら》んだクラッカーの表面のように凹凸の波を作っている。薄緑色の苔に滑らないように、石段から静かに濡れた地面に下りると、足裏に霧雨に染みた柔らかい感触を覚える。歩くたびに、まだ固さを残した泥濘《ぬかるみ》の上をゆく感じで、遠慮がちな愛撫の足取りになっている自分に、思わず苦笑いが浮かんだ。

「……森にて森のものが光る……？」

よく分かるさ。よく分かる。

独り言を呟きながら、自分は何を確かめようとしているのか。まさか、夜の山門に淫らな温度が残っているのを感じて距離を取ろうと、自らの重苦しい声で線を引く若さでもない。自由律の歌人が感覚を研ぎ澄ましてギリギリの言葉を選択したあり方に、あえて鼻白んでみて抵抗したいのか。恥ずかしさにまみれて、誰もいない境内で独り赤面する不粋に堕ちたいのである。それも俺の中に残った本能なのかも知れない。

歌人のフレーズは、森が抱えている細部のあちらこちらが、森すべてを体現しているというのだろう。森は何も考えずとも十全に森になっている、と。だが、そのフレーズすらも俺にはまだ煩《わずら》わしくて、何か嫌らしい自意識を感じさせるように思える。若い。若い。若い。この俺自身が夕刻の古刹境内に忍び込み、濡れた葉群を見て、いちいち季節の滴りを覚えたり、あるいは、女を思い出したりしていて、生臭いったらありはしないのに、苛立ちが粒だって擦ってくる。

光っているものを見ているうちはまだ駄目だ。森のものになれ、と愚鈍な俺はいいたいのだろう。あんたが、光っているものを見るのではなく、あんたが森のものとなって光れよ。すでに語るなよ、と……俺は、いいたいのだろう。

水の中を水が流れている、ならばいい。森にて森のものがある、ならばいいいと思う。

そして、物故した歌人のフレーズに拘泥《こうでい》している自分というやつが、最も邪魔なのだ。

ジャケットのポケットから煙草を取り出して、箱の蓋を開ける。また他人のような無愛想な指から温い泥濘のにおいがしそうで、大袈裟に鼻の穴を押し広げ深く息を吸った。噎《む》せるような青い霧のにおいが肺にまで染み渡るが、夜の山門に激しく降っていた雨の音の方を強く思い出す。

堅牢な山門は関東大震災の時でも境内で躍《おど》りこそすれ、他の塔頭《たっちゅう》のように崩れはしなかったらしい。どんな土砂降りが叩きつけてきても痒いとも思わないほどに、小屋組みを露わにした腹の下にいれば、むしろ雨の飛沫の湿気も乾いた柱や梁に吸い込まれて何事かという感じなのだ。翳《かげ》を孕んだ野太い梁の組を見上げていて、そのうち雨の音に砕かれるように柱を背にして寝入ってしまったとしてもおかしくはない。

数日前に駅前の「椿」でしたたかに酔い、自分で何を思ったのか覚えがないけれど、古刹の脇門から鉄柵の閂《かんぬき》を響かせて入り込んだのだ。山門の下で朦朧《もうろう》とした眼差しで雨を見ているうちに、俺は寝入り、柱の後ろに隠れていた女の霊と話をし始めたのかも知れない。

「……夜の、お寺って、いいですね。……特に、雨の……」

そう呟いていたように記憶しているが、落ち着いた静かな声の端に何処か若い身勝手さが歯を覗かせている感じだった。だが、その白い健康な歯が溶けて、崩れて、形のないどろりとしたものになって、こちらにまとわりつきながら蝕《むしば》む気配もある。初めて逢った幽霊のような女に、そんなことを思う自分こそ中年男の身勝手さと臆病にまみれているという話だが、俺は女達をそういうふうにしか見ない、見られないのかも知れない。まったく不自由で、底の浅い男に違いない。

煙草の先に火をつけると、白い靄《もや》のような煙が霧雨に食《は》まれながらゆるやかに広がっていく。幾筋ものマーブル模様が絡まり、ほぐれていく中を、ライターの火で眩んだ残像が歪《いびつ》な形でついていく。反転した影を鵺《ぬえ》だという者もあり、人魂の尾だという者もあり、単純に残像だという者もある。本当に正しいことなど分かるはずもない。モネの焦点の外れた「睡蓮」のボケ方は近視のせいかも知れず、ただ本当にそう見えたともいえるし、夏の……俺にはあの一連の絵がどうしても春にしか思えないが、睡蓮の花は夏に咲くもの、うらうらとした池を凝視していて、まだ蓮の花が蓮の花になる前の朦朧とした状態に没入していたのかも知れない。いずれにしても、俺はモネなど好きではない。描く手つきが見え過ぎる。よほど疑いを疑いつつ色を遺したセザンヌの方が怖い。そんな話を「椿」で画家や造形作家達としたはずなのだが、すでに酔い痴れていて、地元の六国見山《ろっこくけんざん》に咲く山桜の話になっていたのだ。

「ヘッ！　エエッ！」

痰を切るしゃがれた咳払いが突然背後で聞こえて、煙草を吸う息を止めた。振り返ると、薄墨色の作務衣《さむえ》を着た小柄の老人が立っていて、海亀のようなしょぼついた目を向けている。

「ここは、禁煙だが……」

柘榴《ざくろ》の表面を思わせる年季の入った禿頭とほつれ伸びた白い顎髭《あごひげ》に、すぐにも古刹塔頭の住職だと分かった。手首にロレックスの時計を光らせていたり、ポリエチレンの袋を片手に子犬の散歩をさせている坊さん達よりは、いかにもな僧の容貌に安心しさえする。

「あ、これはどうも、すみません……」と、慌てて屈み煙草を黒土で揉み消そうとすると、「ああ、いい、いい。私も飲むから」と作務衣の前ポケットをゆったりと探った。

「誰もおらんから、火の始末さえきちんとしてくれれば、かまわん」

両切りのピースの端を親指のゆがんだ爪の上で重そうに叩いて、無造作に歯の疎《まば》らに抜けた口にくわえる。八〇歳近い老人の緩慢な動きに、こちらもまた消そうとした煙草を吸って、煙の網を広げた。

「この近くに住んでおられるのかな」

「ええ、まあ……亀《かめ》ヶ谷《やつ》の方に」

「ああ……」と、また味噌っ歯の覗く口を開き、だが、自分の方を見ようとはしない。山門の屋根の勾配に視線をやっているようだが、涙腺のゆるんだ眼にたわんだ影と光が映っているだけで、おそらくそれも見ていないのかも知れない。

夕暮れのせいで、どんよりとした闇を抱え始めた重層の山門は、それでも八脚の間から楓の若葉の細かい波をむしろ白っぽく見せている。大用国師《たいゆうこくし》だったかが、再建した門の廂《ひさし》の切っ先が、鋭利な剣先のように反《そ》り返り、紺色の空を突き刺している。黒く澄んだシルエットに、自分の喉を突かれるようで、しばらく黙していると、「弓道場の若いもんは……」といきなりいってきた。

キュウドウジョウ……と頭の中で音を反芻して、境内左にある閻魔堂に設《しつら》えられた弓道の稽古場のことだと分かる。

「真面目過ぎてなあ……若い男も女もたくさんやってくるが、何、一緒にならん……」

何故そんな話が出てきたのかと訝《いぶか》って和尚の顔を見ると、薄い眉間をねじり寄せて、幾重もの皺の波を立てていた。

「和尚さんは……そこの弓道場の師範をなされているのですか？」

「うーん」とくぐもった声を漏らして、煙草の煙をぼんやりと吐き出している。

「……その、一緒にならん、というのは……？」

「いやあ、結婚せんのだよ、若いおなご達が……」

「それは……うらやましい話といいますか……」と下卑たような曖昧な返事をしてしまったが、一体初対面の自分の何処にお弟子さん達の結びを連想させるものがあったのか。まったく突拍子もない無関係な連想であるにしても、自分の体から年甲斐もなく妙な色が漏れているのかも知れないとバツが悪くなる。

「まあ、お弟子さん達は、弓道を稽古しにきているわけですから……」

「にしても、真面目過ぎる……」

……竹林の中を、大きな黒揚羽《くろあげは》が一匹、飛んでいたんです……。

ふと、女の声が蘇ってきて、忘れていた夢の断片が何かの拍子に過ぎった感じだった。夢だったたか、それとも泥酔に近いとはいえ確かに聞き取った言葉だったか。俺はその黒揚羽の話を聞いて、天才歌人といわれた男のフレーズを思い出したに違いないのだ。

ゆがんだ口からだらしなく煙を漏らしている和尚に、山門で口をきいた女の人相を伝えてお弟子さんにそんな女性はおりませんか、と聞こうとした自分がいて、すぐにも飲み込んだ。それこそ唐突で、まだ和尚の日頃抱えていた然《さ》もない悩みが、ほろりと漏れてしまう方が自然だ。

「大自在の妙境《みようきよう》というやつを摑め、ということですか？」

「うん？　ああ、大自在ねえ」

何の気なしにいった言葉に、老いた和尚は唇の端を下げながら、自分の顔を舐めるようにして見つめてきた。視野の隅で動く気配があって、視線を移すと、石段の下を弓を持った何人かの若者達が歩いている。袴をはいたままウインドブレーカーを羽織った者もあれば、ローライズのジーンズにカットソーを着た女性もいる。石段の上にいた和尚に気づいたのか、それぞれが長い弓を肩に立て掛けて神妙に合掌して挨拶を送ってくる。

「結婚せんのだよ……」

「まだ、皆、お若いじゃないですか」

苦笑しながら、若い弓道家達の扁平《へんぺい》した後姿を見下ろしていると、「ほれ、煙草」と和尚は携帯灰皿を手にしていて、灰で汚れた金属箔の小袋の口を開いていた。

「ああ、自分もありますから」

「まあ、ほれ」

托鉢僧の鉄鉢《てっぱつ》に吸殻を入れるかのようでためらうが、むしろ和尚の腹の穴に自分が放り込まれる感じで、奈落の暗さを想像する。ちびた吸殻と一緒に境内の風景が携帯灰皿の中に吸い込まれた。痩せた老僧はがらんどうに似て、風通しがいいのか、底がないのか、妙に尻のあたりがスースーする。

「失礼しまして」

竹林の中を、大きな黒揚羽が一匹、飛んでいたんです……と、また女の声が耳元をかすめて、俺は確かにこの山門の下で土砂降りの音に紛れてその言葉を聞いたのだという想いが強くなる。

それが、とても切なくて、美しかった……。

臨済の公案だったら、どちらを取るのだろう。蝶の飛び方について。

「まあ、いつでも、坐りになされ」

風の中の蝶の重力、なのか。それとも、歌人の書いたように、風の中の蝶の重心、なのか……。

エレガントな軽さと風に翻弄《ほんろう》される危うさは、おそらく歌人の発見した「重心」という言葉が的確で美しいのかも知れない。だが、俺にはそれが蝶を本当に観ているようには思えない。まだ頭で見ている。蝶自身がバランスを取るために体の中の小さな点を本能的に操っていることを、歌人がまた意識して、舞う姿の軌跡を己のものにしようとする野心が感じられて、俺には気持ちが悪い。蝶は風にもなり、風は蝶にもなり、風は風にもなり、蝶は蝶にもなり、その絶妙さを本気で観ているのであれば、まだ「重力」という茫洋とした言葉の方がいいのではないか。そこには中心などない。重力が向かう地球の中心すらなくて、蝶を観ている俺も消えて、ただ動きになっている、と感じ得ることが肝要なのではないか……。

「和尚……」

と、飄逸《ひょういつ》な作務衣姿の背中に声をかけている自分がいる。俺は、勝手に思いとらわれている歌の一フレーズについて、初めて見かけた老僧に酔狂にも聞くなんてことをするのか。柘榴《ざくろ》の表面のようにテカった後頭部に、萎《しぼ》んだ首の皺が縒《よ》りねじられて、黒い発条《ぜんまい》の舌をぶらさげた顔が振り返る。

「……和尚は……好きな季節は、いつですか?」

「ああ?」

きょとんとした表情に、逆にえぐられるような気持ちになった。

「今が……一番、だ」

和尚のいかにも妥当な答えに俺は軽く頷いて見せたが、面白くない。面白くないところが何ものでもなく、豊かでもあるとも思えるが、充足を表わしたのだろう言葉自体が分別めいて貧しい気がした。

俺は冬だよ。冬が一番好きだ。

瘦せた作務衣の後姿が薄闇に馴染んできて、何色の作務衣だったかと思う。草履《ぞうり》を引っ掛けた足袋だけが白く瞬き、和尚の高齢を忘れるほど生っぽい足取りに見えた。そうか、薄墨色の作務衣だったか。白足袋が山門角で立ち止まって、右足の白足袋が一、二度跳ねたかと思うと、またゆっくり交互に小さくなっていく。

ふと山門の庇に眼をやると、いきなり巨大な闇がどっしりと覆い被さってきた。すでに鬼の股《また》ぐらの下にいた感じだった。胸を重量級の闇に踏み潰され、あっ、と小さな声を漏らそうとしたら、ジャケットの内ポケットで携帯電話が振動する。

まったく小さな現世だ、と妙なことを思いながら携帯電話を取り出すと、液晶表示の明るさに目の奥を突かれて誰からの着信か読めない。

鎌倉街道に面した「椿」の大きな古ガラス窓から、白熱灯の明かりが柔らかく漏れている。年季が入り少し傾いた木製のドアを開けると、何人かの常連に混じってカウンター席に座っていた初老の男が物憂げに片手を上げた。

「寒河江《さがえ》君、まだ髪は健在じゃないか……？」

片頬をからかいの笑いで綻《ほころ》ばせながら、「円覚寺で何してた、また？」と隣の椅子を勧めてくる。

「何ですか、樫村《かしむら》さん、剃髪《ていはつ》しろとでも？　俗臭芬々《ぞくしゅうふんぷん》なのはお互い様ですよ。……ああ、日本酒を」

昔の学童椅子を大振りにしたような木製の椅子に座りながら、カウンターの中に立つバイトの女の子に声をかける。濃紺のエプロンからすらりと伸びた腕が、後ろの壁に並べられた何本かの一升瓶の前をさまよっている。厨房から主人の岩崎が顔を覗かせ、ひょいと手を上げて挨拶したかと思うと、また引っ込んだ。

くたびれてねっとりとした椅子の座布団がまだ温いのは、誰かさっきまで座っていたのか。煙草の脂《やに》が染みた壁にもたれて夕刊フジを読んでいる杉田が、長年の営業で身についた笑顔を開かせて、また新聞に眼を落とす。長い白髪を由井正雪《ゆいしょうせつ》のようにオールバックにして眼光炯々《がんこうけいけい》の長老鏑木《かぶらき》も、餃子を肴にサワーを呑んでいた。長身の背中を丸めバーボンのロックを啜るように呑んでいる高安《たかやす》、あるいはカウンターで焼酎のお湯割りグラスを両手に包んでいる尾長《おなが》も、皆、いつもの顔ぶれで「椿」に馴染んで自ら嗜《たしな》む煙草や酒のにおいに煮しめられていた。

「寒河江君、あの日、無事帰れたか？」

酒の少し回った樫村の眼が眼鏡の奥でとろりとゆるんで笑みを滲ませている。機嫌が悪い時の造形作家は朦々《もうもう》と燻《くすぶ》るようにあちらこちらに焦げをこしらえる男だが、鎌倉駅前の碁会所でいい手を打ったか、穏やかな息をしている。

「あの日って、いつです……？」

「いやいや、あの日かぁ。寒河江さんが、物凄く、酔って、面白かったな、あれはぁ」と、やはりカウンターにいる画家の尾長が目を細めて、白い無精髭を擦った。

「北斎のスケッチの話をしていたら、急に、ガクンときたなあ」

元美大の教授でもあるが、退任してから、皺だらけのキャップを斜《はす》に被っては散歩に出て、「椿」にやってくる。パウル・ツェランとセザンヌをヘミングウェイのような容貌で語って、照れ笑いする人だ。

「北斎……？」

「北斎だよ。寒河江君、その後、北斎の枕絵の話になって、俺のは、といいながら、セッちゃんに見せつけようとしたじゃないか」

真顔で諌《いさ》めるようにいう樫村に、眉根を開いて確かめると、「嘘ですよ、もう」とカウンターの中から日本酒の注がれたグラスが伸びてきた。奥で主人の岩崎と壁際の杉田が同時に高い笑い声を上げる。

北斎……そんな話をしたのか。まだ新しい位牌に蛇が絡んでいる絵が脳裏に浮かび、蜻蛉《とんぼ》の繊細な羽の脈や鯉の薄墨色の鱗がかすめた。「百物語」の一つの「しうねん」だったか、一匹のヤマカガシが三方《さんぼう》に載せた菓子と茶湯器の湯飲みを回って白木の位牌に鎌首をもたげていたもの……。胴体の重みと柔らかなくねりが歪《いびつ》な円を描いているのが思い浮かぶ。何よりも一つ一つの蛇腹のふくらみが乾き連なっている図がはっきりと見えてくる。確か、蛇は舌を出していない。位牌に書かれていた戒名《かいみょう》も思い出せないが、湯飲みに入った水には何かが浮かんでいたはずだ……。

一口酒を含みながら、ニスで黒光りした店の柱に眼をやり、煙草の脂《やに》で茶けた革張りの天井に視線をさまよわせる。雨漏りや湿気や、あるいは乾燥で、たわみ、凸凹になった天井を、ほんの二つしか点いていない暗めの白熱灯が、黄沙《こうさ》のように見せていた。

「あの時も、雨が降ってるのに、円覚寺にいく、とかいってたよ」

「なんでまた、俺は、円覚寺にいくなんていってました？」

「修行だとかいってたよ」

樫村はそういうと肩を上下させて笑い、カウンターの楊枝入れから一本抜いてくわえた。修行というのは樫村の冗談にしても、前後不覚に近くなるまで泥酔してタクシーに傾《なだ》れ込むならまだしも、雨の中、古刹山門の下で佇むというのは自分でも分からない。モネやらセザンヌについて話したのは覚えていても、葛飾北斎についてはまったく覚えがなかった。ふと泡のような記憶の粒が瞬く気がし、店にいた者達の蠢《うごめ》きの輪郭だけは蘇る。また、寺の脇にある鉄柵の門を派手に鳴らして開けた音が、耳を叩いた。

「……女と逢っていたのか……？」

樫村が顔を寄せて、焼酎臭い低い声を呟いてきた。不明瞭な言葉にむしろ自分の記憶の尻を撫で擦られている気分になり、今までまったく忘れていて思い出しもしなかった姿が浮かびそうな気配を覚えて、自らのゆるさに気味が悪くもなる。世間では一《いっ》端《ぱし》の中年男ということになるのだろうが、秘密めいたものを抱えて回想するほどの厚顔でもないし、てめえの俗が脂汗をかくほどのエネルギーもない。五年ほども前、籍も入れずに一緒に暮らしていた女に愛想を尽かされ、それからは場当たり的な絡みを繰り返しているだけではないか。

「まさか、そんな色っぽい話が、俺にもあれば……」

樫村がまた楊枝を嚙んでいる歯を剝き出しにして笑う。

「寒河江君、とにかく、ありゃ近来稀なる泥酔だよ。前後不覚というやつだな」

「あれで、歩いていったからなあ、凄いなあ」

ひどい千鳥足のシルエットが見えてきて、雨の鎌倉街道から横須賀線の踏み切りを渡り、禅寺へと上る後姿が、ただ黒い。それこそ臨済の話に闇の中を黒い玉が飛ぶというのがあったと思うが、俺のは闇に溶け込むことさえ逡巡して、下手にあがき、みっともない姿だ。闇が闇の中で拒絶して、暴れ、もんどり打ち、時々、輪郭を破線状に光らせるなんてことがあるとしたら、あまりにも往生際が悪い。それこそが人の姿であるとは分かるが、五〇近くにもなってまだ自分自分などと何処かで主張したり、思い詰めたりしているのが悪趣味の極みに感じた。

「で、ほら、これ」と、樫村がチノパンツの後ろポケットからマネークリップを取り出して千円札を一枚抜き、カウンターの上に抛《ほう》った。

「ああ、そうか。寒河江さんの勝ちだったんだ。いやいや、忘れるところだった」

尾長まで椅子の背にかけたウインドブレーカーから財布を取り出し四つ折の千円札を広げた。

「何です、これ？」

「いやー、覚えてなかったんなら出すんじゃなかったなあ。大散財だ」

樫村が空の灰皿に楊枝を投げ捨てて苦笑する。

「ほら、北斎の話をした時に、『百物語』の位牌に巻きついた蛇の話になって……」

やはり、そんな話をしたのか。脳裏に浮かんだ蛇の鎌首は泥酔して消えていた記憶の底でもたげられていたわけだ。

「湯飲みに浮かんでいたものが何だったかを、賭けたんだ」

それも覚えがない。ついさっき思い巡らしたことも、すでに「椿」で話されていたに過ぎなかったのか。だらしなさというよりも、自分がぼんやり考えることは、いつもすでに考えていたことだったりして、それが幼時に保育園をさぼって川面を見つめていた時のことかも知れないし、五分ほど前に雑誌でチラリと見た広告のコピーが源なのかも知れない。煩わしいくらいに、最近頻《しき》りに混沌とした相貌で浮き上がってきては、今を邪魔する。またそれが今というものともいえる。

「私は桜の花びらだといったんだけど……。樫村さんは、形代《かたしろ》みたいな紙片だといい、寒河江さんは葉っぱだといったんですよ。それも裏返しになった葉っぱ……」

尾長が遠い目つきをして、酒瓶の並ぶ棚に視線を漂わせる。白い無精髭の続いた喉元が七〇歳近い年齢を覗かせて、皺ばんで攣《つ》れていた。

裏返しになった葉っぱ……。ぼんやりとカウンターの上のグラスに眼を落とすと、小さな白熱灯の光がねっとりと日本酒に揺れている。無数の客達の肘で磨かれ、小突かれたカウンターの堅牢さも、とろりとした艶を発して柔らかい。何度も水拭きされた木目が風紋のように粗く浮き出て、所々についた煙草の焦げ痕が無口に、焦がしたであろう客達の酔語を主張していた。

「何だ、あの、良寛の辞世の……」

形見とて何か残さん、という歌だろうか。それとも……

「うらをみせ、おもてをみせて、散るもみじ……ですか」

「それだよ、寒河江君はその句の話もして、五合庵は遠足で何度もいったといってたじゃないか」

一片のもみじ葉が散る様を、裏から描写する良寛の呼吸の仕方に、ふと身のうちが澄むようにも、逆にざわめくようにも感じて、また一口カウンターの上の日本酒を含んだ。肚の据わりというのか、すでにもみじ葉を見ている良寛自身が消えている。

故郷の弥彦山に連なる低い国上山《くがみやま》の紫色の稜線が見えてきて、茫洋《ぼうよう》とした田んぼの風景が広がり始めた。冬枯れした風景にはいつも疎らに雪が覆っていて、弥彦も角田《かくだ》も国上山も微細で鋭い雪の斑紋をまとってうずくまっている。それを飽かず、何時間でも見ていた幼い頃の自分は、一体何を思っていたのだろう。

良寛さんは縁の下から生えてきた筍《たけのこ》が可哀想だからと、濡れ縁の板に穴を開けたと、幼い頃訪れた五合庵で教わったが、以後誰に聞いてもそんな話は存在しないと否定された。

「それは夢で見たんじゃないか」と笑われたり。確かにその線が強いのかも知れないが、地元の出版社が出した良寛関係の資料に、竹が厠から突き出てきて、つかえるといけないから、その屋根を焼こうとして火事になったというエピソードが紹介されていたように思う。

「……でも、北斎の湯飲みに浮かんでいたのは、もみじ葉じゃなかったような気がする……」

「だからぁ、普通の緑色の葉っぱだよう。それが裏返しに浮いていると、寒河江君がいったんだ。それから良寛の話だ」

もはや、泥酔で消えた自分の記憶は、何をいわれても「そうですか」と肯定する以外になく、もうどちらでもいい話だ。ただ、胸の底で依然温度を持って残っている、古刹の山門で逢った女の断片だけが異様に生々しい。

土砂降りの雨の音は、時にシャワーの中に紛れ込む女のような、子供のような声を、やはり聞かせるだろう。ふとシャワーを止めて、「何か、いった?」と声を上げようとして、もうずいぶん前に女と自分とは別れたじゃないかと、胸にどでかい突きを食らった気分にもなって、時制の乱れに朦朧とした寝覚めの感触を覚えたこともある。

ほんの少しずつだな、と安心と戸惑いの狭間を揺れながら、このまま一人で歳を取っていく瞬間が口を開いて、無意識のうちにも奥歯を強く嚙み締めるのだ。そして、髪の乾きもそこそこに、慌てて「椿」に駆け込んでバランスを取ったりする。まだ大丈夫、まだ大丈夫、といまだに信じ、ほんの少しずつこうやって歳を取っていくんだろう、と思っているうちに、本当に妄想の中から現実を見ていたということにもなるのかも知れない。こんな話を年配の尾長や樫村に伝えたら、即座に殴られるに違いないだろうが。

雨の音の中に女の声を聞き、泥酔の底から現れた女性の幻覚と戯れて過ごしたという方が、まだ現実的な話だ。円覚寺で女の幽霊を見た、と口を開こうとして顔を上げたが、酔態の墓穴をさらに掘りそうで噤《つぐ》んだままでいた。

「もう、またベンツが故障ぅッ」

勢いよくドアが開き、常連の麻紀という女の子が入ってきて、少し酔いの混じった朗らかな声を投げてきた。また、六本木あたりで盛り上がっていたのか、ブティックの新しい紙袋とヴィトンのバッグを無造作に椅子の上に置く。一瞬遅れて、湿って生青いような北鎌倉の夜気とアクアマリン系の香水のにおいがふくらんできた。

「今日は何処にしけ込んでた？　それとも、これからか？」と樫村がゆるんだ眼差しを麻紀に上げて、唇をねじ曲げている。

「つい一ヶ月前にもエンジン、直したばっかりなのにぃ」

「彼氏のエンジンか……」

三〇歳を過ぎて、醸すものと閉じるものとが微妙に不安定で、それが可愛らしい色気にも感じられれば、日常に倦んでいるようにも感じる。またそれを分かっていて演じているのだろう。三〇過ぎといったら、俺などはもっとガキで、俺が俺がの自分を持て余し、やたら攻撃的で無様だった気がする。世間を自分で動かしているような錯覚にとらわれて、世間に笑われてばかりいたといった方が近いが、今もさして進歩はないのだ。

「ああ、俊和さん。どうも」

さりげなく視線を合わせてきた麻紀に、俺は軽く手を上げ黙ったまま挨拶を返すと、煙草に火をつけた。百円ライターの炎が大き過ぎて、かすかに額を焙《あぶ》る。

またいたか……。

と胸中言葉にしていて、いずれ何処かに消えてくれるものと俺は思っているらしいのだ。

黒黴《くろかび》のまだらに浮いたドアを開けて、冷え冷えとしたコンクリートの壁に眼をやれば、まったく昨日と同じ位置に巨大な土蜘蛛《つちぐも》が貼りついている。自分自身で思っていることを、らしい、などと推量して阿呆な話には違いないが、毎回壁と同化したような擬態めいた姿に、またいたか、まだいたか、と同じように思い続けているのだから、いつかは何処かへいってくれると俺は信じているわけだ。だが、土蜘蛛にしたら移動する気などまったくない。息をかすかに呑む住人の顔を見て、あいつは俺が消えてくれると思っているらしいと、蜘蛛になっているつもりの言をほつれぎみの糸にして吐いているだけだろう。いや、蜘蛛にさえなれない自分がいつのまにか蜘蛛の姿になって、自らの無意識の底にひっそりと糸を垂らして醜い足を広げているともいえる。

「ボーヨー、ボーヨー、だな」

何の気なしに出てきた「茫洋」という言葉も、ここから歩いて六、七分の寿福寺に住んでいたという昔日の詩人が漏らした言葉だと気づいて、面白くない。斜《はす》に被った黒いソフト帽の下の、ビー玉のような大きな目が蘇ってきて、思わず舌打ちして蛇口をひねった。

「……夕方、空の下で……、身一点に感じられれば、万事に於て文句はないのだ……、だな。まさに、おまえは……」

うろ覚えの中也のフレーズを壁の蜘蛛に投げて、動く気配を探る。動か、ない。

小袋谷《こぶくろや》のマンションから亀ヶ谷切通《きりどおし》近くの貸家に越して一年は過ぎるというのに、いつも風呂に湯を溜めようとして、黒黴の吹いたドアを開けては、またいたか。そして、いずれ何処かに消えてくれるものと俺は思っているらしい、と主体のずれたことを考えるのだ。

あばら家といっても良い2Kの平屋は下見の時には気づかなかったが、初めて風呂に入ろうとして、俺の手と同じくらいの大きさの鎌倉蜘蛛に、声をかけられたようにそのまま真っ直ぐ眼がいった。タランチュラどころの大きさではない。ゴルフボールを少し小さくしたような褐色の胴体に、やはり褐色のストローをクタクタにしたような足を八方に広げている。すぐにも始末しようと殺虫剤を構えてはみたが、何やらあばら家の主のような気がしてきて踏み止まったのだ。次にがたついた窓を開けて外に出そうとして、前の住人が置いていった箒《ほうき》で煽ってみたが、びくともしない。黒ずんだコンクリート壁に浮き出た紋様のようで、とりあえず、とバスタブにお湯を入れ始めてしばらくしたら、上へ上へと一足二足、三足、四足、と訥々《とつとつ》という感じで移動して、湿気でたわんだ天井板と壁の穴めいた隙間に入り込んでいったのだ。それ以降、手の出しようがない。

「……しかし、……こんなものが、ほんとに、いるものかな……」

壁に顔を近づけて見ると、自分の影の動く気配かそれとも息か体温でもほのかに感じるのか、蜘蛛はすぼまった足の先をかすかに緊張させて爪立たせている。だが、口のあたりはしきりに呪文でも念じているように動かしていた。足も胴も全体を繊毛が覆って、褐色の中にさらに濃褐色の条《すじ》が入っている。何よりも、黒曜石のような大小様々の小さな眼が八個ほど並んでいる様に、射当てられたようにこちらは竦《すく》んでしまう。

「早く……塚に戻ってくれないか……」

バスタブに一〇センチほどお湯が溜まり始めると、滝壺めいた音の加減のせいだろうか、湿気のせいだろうか、またいつものように天井に戻るはずだ。膝丸《ひざまる》で斬りつけられて塚でじっと復讐の機を待っている能の「土蜘蛛」を連想し、赤頭《あかがしら》の凄まじいほどのボリュームが、天井裏でも猛烈な銀糸のトンネルで発光しているようにも思える。

八つの影の像がぼんやりと遠ざかり、混沌としているのか、灰白色に潰れているのか、はっきりとは分からない朦朧とした背景に萎んでいく男の姿に、足先の緊張をゆるめる。まだ他にも息の気配が幾重にも蠢いているのを男は知らないようだが、白い卵嚢《らんのう》を口にくわえた女といういきものが後ろを静かに過ぎり、古い裂裟を着た首のない男といういきものがしきりに腰を屈めては托鉢《たくはつ》する。跳魚のようにぬらぬらと濡れた男根だけを突き刺された白い女の尻。雨のにおいがするぞと思っているうちに、その後ろでは童女というういきものが不思議な絵を描いて遊んでいる……。

と、いきなり、黄土色の鳥が羽をばたつかせて、飛びかかってきた。世界を殺していいのか、おまえの世界を殺していいのか、と呪文を口ごもらせながら、何十年か何百年か分からないがたっぷりと別の空気を吸い続けた重い腹を、八足で引きずり上げ、じっとりと湿って垢臭い崖をゆっくりと這い上がり、天井の谷戸《やと》の洞《ほら》へと向かうのだ。そこを玄牝《げんぴん》の門と、人間といういきものの誰かがいわなかったか……。

全身に鳥肌を立てながら棕櫚《しゅろ》箒《ぼうき》を握っている自分が情けない。馴染みの鎌倉蜘蛛が本当に潰れてしまうのか、というよりも、もろに叩いても潰れないでのた打ちつつも壁を上る姿を想像して、怯んでいる。

いや、2Kの古びた平屋が、廃寺となった枝雲《しうん》寺という曹洞宗の古刹の元塔頭で、部屋の中で時々自分に何かが当たるのを錯覚にできない臆病がそう思わせているに違いない。節くれだった何本もの特殊な杖をつきながら、地の起伏を確かめるようにのそのそと崖を上っていく老翁ならば、確かに見えているのではないかと感じたのだ。やつには俺も霊の蠢く風景の一部に違いないだろう。

むしろ、幽霊などという影のように形として見えるものではなく、曖昧で混沌とした陰翳やら温度分布の輪郭かも知れず、やつには泥水の中のようにも感じるのかも知れない。だが、俺にとっては、蜘蛛はまぎれもなくはっきりと巨大な蜘蛛なのだ。

人間の無用に凝《こご》った眼差しを蜘蛛は笑いながらも、バスタブのお湯の音にも急き立てられて、ゆっくり上っていく。玄牝の門に当たり前に入り込んだと思ったら、しばらくの間、後ろ足の褐色の先が二本だけ見えていて、やがて、完全に消えた。

眼に残った土蜘蛛の胴の形が何かを連想させると思って追ううち、放心した自らの口の中の暗がりへと迷い込む気になる。何かチョコレート菓子の一つか。それとも開かずに枯れた寒椿の蕾か……。違う。薄墨色の襟口が見えてきて、夕方円覚寺の境内で会った老僧の、風船が萎んだような後頭部と項《うなじ》が思い出される。

「若いやつらが、結婚せんのだよ……」

そんな言葉まで思い出されて、浴室の入口横にある洗面台の鏡にふと視線を投げた。一瞬のうちに時間が潰れて、呑んだ息を笑いに変えて吐き出す。想像していた自分の顔よりもかなり老けたツラが、腐蝕した硝酸銀の中から不機嫌な眼差しを向けていた。

一体、自分は何歳のつもりで鏡を見たのか。いきなり五〇男の顔になるということもあるだろうが、毎日毎日髭を剃るたびに見ている、つまらないツラだ。独り暮らしの寂しさと呑気《のんき》さが入り混じって、置きっ放しにした雑巾《ぞうきん》のようなくたびれ方がある。あの円覚寺の老僧は、何も自分の中に妙な色や生臭さを見たわけではなく、俺に年頃の娘か息子がいると思い、同調を求めてきたのかも知れない。まさか、こんないい歳をした中年男が、蝶の重心ではなくて蝶の重力の方が響くだろうとか、泥酔した妄想の中で、山門の下、幽霊の女と交わったような気がしてならない、などと思っていたとは想像もしなかっただろう。平日の夕方に境内をうろついている男は、ほとんど見かけるはずもないにもかかわらず、それでも子供を育てるほどの甲斐性がある者と誤解してくれたのかも知れない。

「御住職……俺は、作家なんだよ……」

しかも、ドラマやら物語やらには、まったく興味も関心もなくなった作家なんだ……。

いきなり頭上で耳に痛いほどの音を立てて、まだ成仏しないという枝雲寺の庭男が竹箒で掃除をし始めた。トタン屋根の上を、垂れた木々の枝先が風に揺れて擦れる音を、飯酒盃《いさはい》さんという変わった苗字の庭男の霊が掃除している音、と教えてくれたのは、このあばら家を紹介してくれた地元の不動産屋だ。

正確にいうなら、前に住んでいた三〇歳過ぎくらいの女が極度の拒食症になって自殺してしまう前に、よく話していたらしい。庭男の飯酒盃さんが夜中になると掃除を始めるといい、朝になると家の周りも脇の竹林も、そして屋根の上も綺麗になっている、と。あんたはなんで飯酒盃さんのことを知っているのかね、と不動産屋の親父が尋ねたら、その庭男本人が前歯のない口を奇妙な形に広げて教えてくれたという。実際に飯酒盃という顔面麻痺の庭男がいたのは明治の中頃で、枝雲寺が廃寺になる前に仏像や掛け軸を売っているという疑いをかけられて、やはり、百数十年後の女と同じように、貸家の戸口近くにある古井戸に身を投げて死んでしまったらしい。

そういうこともあるだろう、くらいにしか俺には思えないが、天井に隠れた土蜘蛛ならば、その飯酒盃さんという庭男の姿をはっきりと見ていて、そのたびに糸を放射するだの、巨大な巣を作って引っ掛けるだのしているのかも知れない。やつには新参者の俺の姿など見えていない可能性もあるし、存在すら知らなかった拒食症の女が、ふかふかと頼りない畳の上を歩き出したのが、ようやく見え始めているということもありうる。

また旋毛《つむじ》のあたりを、軋むような音がざらりと撫でた。冬には長い何本もの爪で引っかくような、叩くような音を立てていた飯酒盃の竹箒も、だいぶ柔らかい音になっている。トタン屋根の上で股引でもはいた蟹股《がにまた》の庭男が、顔をゆがめながら丁寧に枯れた竹葉を掃いているのだろう。

浴室の天井隅を見やったが、ただ黒いゆがんだ穴が口を開いているだけだ。そして、自分は棕櫚の箒を握っている。

俺はロボトミー手術をされているのか、と頭の背後で様々な金属器具が触れ合っている音にうっすらと眼を開ける。頭皮を裂かれ、頭蓋骨にぽっかりと開けられた穴の奥に、何本もの医療器具が差し込まれているのだ。あの土蜘蛛を捕獲しようと思っているのだろうが、簡単にはいかないだろう。そんなことを想像しているうちに、障子越しの明るい光がすでに顔を覆っていて、戸口でさびついた鍵を開けている音が聞こえてきた。

ホルダーの何本もの鍵がじゃれて躍るのを押さえたのか、音が湿ったように小さくなり、「……寝ていたんですか？」と、狭いコンクリートの三和土《たたき》に硬いヒールの音が立った。

「危なっかしいことをやる……」

布団の縁を投げやり、上がり框に目をやると、薄手の黒いストッキングの細い足首が見え、三和土に残ったもう一方の足が太腿の奥まで露わにしていた。茶封筒とバッグを框に置いたまま、畳を軽やかに揺らして入ってくると、布団にくずおれてくる。まだ新しいようなファウンデーションとトアレのにおいに混じって、女の持ち込んだ外の空気が冷たく感じもした。着ているスーツが孕《はら》んでいる外の緑の青臭さが、一〇時過ぎまで寝ていた自分の時間とはまったく違う所を歩いてきたようで、気後れしている自分を覚える。

「確かに……」と喋りかけようとした瞬間、生温かなルージュの濡れが寝起きの唇に刺さってきた。かすかな香料と零れてきた髪の乱れが顔をくすぐる。

「ほら、やめろって。まだ顔も洗っていない」

「駄目、ですか？」

「こんな時間に……誰かに会ったら、まずいんじゃないか？」

蜘蛛の巣のようにまとわりつく柔らかな髪の中で呟くと、女の顔が上がって、じっと見据え降ろしてくる眼差しがあった。障子の光を溜めて濡れた角膜が、いやに澄んで見える。わずかに悪戯《いたずら》っぽい笑みを溜めた唇のグロスにセミロングの髪が何本かくっついているのを、女は細い指で無雑作に払いながら軽く息を漏らした。細面なのに、俯いているせいで、ひとしきり泣いた後の少女のような表情のふくらみがある。

「いいの……」

良くない。

「さっき、亀ヶ谷の坂で、尾長先生と会ったわ」

キャップを斜に被った白い無精髭の寂しげな笑顔が過ぎった。やはり尾長にも五、六歳下の、還暦過ぎぐらいの恋人がいたはずだが、最近はその話をあまり聞かなくなった。

「君は、なんて?」

「この近くに寄る所があるものですからって……」

「尾長先生は……」

「何もいわないで、笑ってました」

思わずこちらも小さな笑いが漏れてしまい、眼を閉じた。セザンヌの絵は透明だから好きだなあ。犬っころが風景を見ているように描くんです。「椿」で焼酎のお湯割りを飲みながら、穏やかに白い無精髭を光らせていた昨日の老いた顔が浮かぶ。

「……大丈夫ですよ」

「起こして」

また屈み込んだ女の髪がわずかに顔にのって、ブラウス越しの乳房の先が腕にあたる。反動をつけて起き上がると、女はくたりと後ろに反って、弾んだ髪のかかった顔に血を上らせていた。飯酒盃さんを見たという拒食症の女性も同じくらいの歳だったらしいが、この三〇歳過ぎにしては若く見える女に憑依《ひょうい》するとしたら、どんな表情や仕草となって現われるのだろう。夫と別居中とは聞いているが、独身女性の顔ではない。何処かにさばけた感じと、生まれつき秘めるように携えてきた頑なな核がある。それが硬いものなのか、軟らかいものなのか、男の自分には分からないけれど、直に嗅いだこともない濃さがあるようにいつも思うのだ。

背後の障子戸にはまだ竹林の影が右端にしか映ってなくて、さわさわと揺れる葉の輪郭も濃淡もぼんやりしている。洗面台に向かいつつ浴室を覗くと、やはり巨大な土蜘蛛が湿ったコンクリート壁の定位置に貼りついていて、中世ゴシック教会の紋章のように見えた。

「またいる……?」

「そら、いるさ」

「俊和さんよりも、長いんですものね」

横須賀線の踏み切りやクルマの往来の激しい鎌倉街道の近くにあったマンションでさえ、蟻や大判くらいあるゲジゲジや一五センチほどのムカデが出たのに、ここでは出ない。バルサンなどの殺虫剤を焚いてはみたものの深い谷戸の壺の中にいるようなものだから、覚悟はしていたつもりなのに、まったく出ない。たぶん、益虫である土蜘蛛が他の虫達を食べてしまうからというよりも、すでに暗黙の縄張りか、虫達にしか感じられない巨大な蜘蛛の気配が、遠ざけているんだと、女と話したことがある。「殺したりしたら、今度は俊和さんが危ないです」と気味の悪い鎌倉蜘蛛を擁護しながら、コンクリート壁にへばりつくのを一度見た女は、それ以後浴室に入らなくなったが。

簡単な朝食を済ませて、敷きっ放しの布団の上で珈琲を飲んでいたら、それが曖昧な合図のようになった。スーツやブラウスを脱いでいく衣擦れの音や自分の息遣いだけが、部屋の中に籠もって耳殻を熱くする。留守録状態の電話の赤いライトが点滅したのを目尻で無視したまま、まだ石鹼のにおいの残る谷戸に顔を押しつけた。午前中の白っぽい光に晒され、わずかに茶色に見える乾いた叢の渦を掻き分けて、羊歯《しだ》の密生する窪みの兆しに進む。沃土《よくど》が湿り始めて、滑らかな太腿に挟まれているうちに、熱い泥濘に嵌《は》まる。

乱れた草に邪魔されながら執拗なほどに井の辺で遊んでいると、女が頭の遥か上で途切れ途切れに息を漏らした。薄皮を剝いた烏賊《いか》のような白い起伏が痙攣《けいれん》するように上下して、俺は目を閉じる。闇の湖面で爆《は》ぜた魚が、ギラリと鱗を光らせるのを想像したのも束の間、重い水面に勢いよく潜り込んでいるのは自分だ。

雨のにおい……。また肉にまみれて全身が泡立つような切迫した感触が、深さのある記憶に鞭を入れて瞬かせる。温かくしっとりとくわえ込む泥濘に足を取られるたびに、記憶の断片が反転してフラッシュしてくる。午睡から眼を覚まして、ぼんやりと眺めたカーテンの揺れであるとか、蚊帳の中で争うように縺《もつ》れていた叔母夫婦であるとか、故郷の川に流れてきた犬の死骸のふくらんだ腹だとか、あるいは、酔ってできないまま女の体を責め続けている手の腱だとか……激しく降り続ける雨のにおい。黒土のにおい。山門の柱の埃臭いにおい。

女の首に浮いた静脈の起伏に唇を添わせながら、雨の音に耳を澄ます。境内の土を激しく叩いていた音や屋根の庇から淫らなほど奔放に落ちてくる雨水の音を追っているうちに、最も近い昨日今日、自分が熱を発したのはいつだったか、と探っていて動きがわずかに鈍った。

この女だろう……と、胸中断言できる前に、竹林の中を風に煽られて揺れ飛んでいる一匹の黒い蝶が見える。潮臭い亀裂にそれでもまだぎらぎらとした杭の漲《みなぎ》りを、甘えるようで、蹂躙《じゅうりん》するようで。俺は何者なんだろう、何者でもないよな、でもまだそんなことを口にして縋《すが》っている弱さを担保にしている俺には、もう女に絡むこともできないだろう、だから、風の中の蝶の重力とは、俺のことだ、風の中の蝶の重心なんて、もう俺にはないだろう……？

女が自分の背中と腰に爪を立てて上ずると同時に、闇の中を音もなく舞っていた黒い蝶が、バラバラに砕ける。金色の鱗粉がホログラムのようにふくらんだのが見えた時、一条の光が走った……。

「……」

「……大丈夫か……？」

「……まだ……もう少し……このまま……」

障子の右端に映っていた竹林の影が、いつのまにか全面で騒いでいる。小刀の刃のような夥《おびただ》しい竹葉の影が、四方八方に散っては揺れ、流れ、ふくらみ、また障子紙を慰撫する。頭の中を竹の葉がざわざわと撫でさすり、熱の塊をほぐしていくようだ。葉竹葉の群れ影の真ん中あたりに、銀色に眩しく光る太陽が暈《かさ》を被りながら透いて、葉影を薄くしては障子越しに煌《きらめ》かせている。

「……今日は、風、あったんだ」

「少し……」

「シャワー、浴びていきなよ」

女が融けたような笑いを鼻から漏らして、「浴室の主が怖いから、いいの……」と答える。そのまま横浜の関内にある法律事務所にいくつもりなのか。男達は男のにおいに敏感だよ。

「……今日は……？」

「……午後から打ち合わせが入ってる。小説の」

縦長の形のいい臍の奥を光らせたまま、女はブラウスをゆっくりと着る。

粘性を持った流れが入り乱れ、歪《いびつ》に交差し、時に突っ切るような一筋が過ぎったと思うと、アスファルトに溶け入りそうな滞留がある。

「後、神山町の二軒ッ」

後部扉を全開にした灰色のカーゴトラックの脇を通り、幾重もの発泡スチロール箱に納められたラードのにおいが鼻にへばりついた。荷台の中から響いた威勢のいい声に煽られるのも束の間、ガラム煙草の甘い香りときついフローラル系の香水のにおいが衝《つ》く。

　両脇に並ぶ雑居ビルや立体駐車場の入口の薄暗い窪みに眼をやって、何処の路地を曲がるのだったかと、左に視線を投げると、西武百貨店をつなぐブリッジが黒く圧迫して空を塞《ふさ》いでいる。目には垂直水平の線が交わり、いくつもの矩形《くけい》が整然と仕切っているようであるのに、ゆがみ、たわみ、曲がって感じられるのは、夥しい人々の動きのせいだ。

　眼を戻せば、薄汚れた小さなヌイグルミをいくつもぶら下げたバッグを肩にかけ、三人の女子高生がローファーを引きずっていく。幼児のようなぽっちゃりした脚。膝小僧に打撲痣のある脚。一丁前に男を知っている脚。店から流れ出すJポップと時代遅れのユーロビートが混ざり合って、「吉野家、寄っていきませんか」と二人の若いサラリーマンが話す明朗な声も重なり、俺は青いアメ車の派手なクラクションに顔を顰《しか》めながら路側帯に少し寄る。

「マゴラ……マゴラ……」

　グリーンのキャップを阿弥陀に被り、だぶついたジーンズをずり下げたヒップホップ風の黒人が、小さなチラシを配ってくる。断るのも面倒でそのままチラシをジャケットのポケットに突っ込みながら、新装のラーメン屋や幾台も並ぶ煙草の自販機を過ぎ、ようやく文化村通りに出た。

ゆるい坂の上の東急方面からも、群衆の頭が蠢いている渋谷駅方面からも尽きることなくクルマや人の流れが続いていて、誰も見ているわけでもないのに大袈裟に頬をふくらませて、尖らせた口から息を強く吐いてみる。

まったく、匿名の溜息だ、な。

うそ寒い気分になったが、そう自分にいい聞かせている人間達がここにはゴマンといるのだろう。横断歩道の前に虚ろな気分で佇むと、足元に大小様々の煙草の吸殻が散っていて、浅い溝に溜まった黒い水が白い空を映していた。

若い頃から渋谷にくるとコンパスの針が不規則に回り始めて、自分の位置が分からなくなる。西武も109もNHKも分かっているはずなのに、路地に一本入っただけで、人々の動きに攪乱《かくらん》されてすぐ目の前のビルにいくのでさえ遠回りすることが多かった。

「渋谷までご足労いただいてしまって、すみません」

駅近くのガード下にあるくたびれた喫茶店で、瀬木《せぎ》という若い編集者はしきりに頭を下げていたが、北鎌倉まで伺うといっていた彼に、都心に用事があるからといったのは自分だ。何も用事などない。フランス現代思想から老荘哲学の話を矢継ぎ早にしては、時々チック症状のように眉間のあたりを痙攣させる若い表情に、こちらが気恥ずかしくなり、だが、羨ましくもあり、ほのぼのとした気分にもなる。編集の仕事が楽しくなって、若い彼なりの頭の中の火花めいたものが零れているのだ。ほんの三〇分で打ち合わせは終わり、「電話ですみましたね。でも、実際にお会いしないと……」と彼はいってはにかんだ。

原稿の依頼は、鎌倉か故郷新潟を舞台にした近未来小説だった。近未来小説？　しかも鎌倉か新潟？　原風景と近未来……？　一瞬、古く陰気な浴室の壁に八本の足を広げている土蜘蛛の姿が脳裏を過ぎって、噴き出しそうになっていた珈琲を無理に飲み込んだ。若い編集者の提示した突拍子もないモチーフにいささか気持ち悪くなり、俺はそういうタイプのもの、一度も書いたことないけどな、と半ば呆れ気味にいったら、「だからこそ読みたいんですよ」と若い編集者は喫茶店の小さなテーブルに前のめりになっていた。まあ、考えておくよ、と答えて、二人して店を出て別れた後、渋谷の街をあてどなく歩き、東急文化村の角の信号前に立って、足元の煙草の吸殻に眼を落としているのだ。

水溜りの中でフィルターの巻紙が取れて切手を裏返しにしたような紙片や、刻み葉がだらしなく広がっている煙草や、まだ一口しか吸っていない煙草も落ちている。それらに混じって、たぶん鳩だろう一片の羽毛や葉っぱやビニールの切れ端が水に浸っていた。気づくと、すでに信号が変わっていて、俺は溝に溜まった水をまたぐ。一瞬黒い波紋が白い空を揺らして、自分の股ぐらを騒がせた。

少し勾配のある坂を上り始めると、円山町や道玄坂二丁目のホテルが犇《ひし》めき始める。「アランド」や「サンエイト」、「イースタン」などの看板の奇妙なロゴが立ち並び、「南国」という渋く地味な佇まいのホテルも眼に入った。若い頃に馴染みだった所がいくつか思い出されて、腹の底に棲みつき、すでにくたびれきっていると思っていた線虫のようなものが、寝ぼけた頭をもたげてわずかに震えるのを感じる。

これを人は感傷だの、思い出だの、という言葉にするのかも知れないが、もはやそんな湿度や汗のかき方もない。ただ、自分の若い頃の乱暴な体臭が蘇った気がして、いや、はたして自らの性的なにおいなんぞを今と比較し、違うものとして感じ取れるのだろうかと妙なことを考える。

記憶にあるのはもっと若かった女達の瞬間瞬間の断片だろう。それも自分と女の体がこれ以上ないほどに密着していたとしても、不鮮明な記憶と今とのだだっ広い隙間が、恥ずかしいほど幼く青臭い色で明滅していて、女達の声を覚えていること自体に赤面するような、胸の一部をえぐられるような寂しさがくる。

左に曲がり、また右にいき、また左を曲がる。

文化村通りの大雑把な喧騒から一気に隔たって、人影はホテルから出てくる中年のカップルや、手をつなぎながら建物の構えを物色している若いカップルが時々見られるくらいだ。多くの営みで湿った蟻塚の路地をさまよっているうちに、角の小さな千代田稲荷の提灯《ちょうちん》が見えてきた。

昔はいつも薄暗くて、そこにだけ森が変異的に生え出したような、海を喪《うしな》った磯陰の洞のような、重力の違う凹みがホテル街の路地にうがたれていると思っていたが、今見るとやけにさっぱりした風情の佇まいなのに気を抜かれる。脂ぎった顔をして通った時も、鼻の頭をツルリと光らせて帰る時も、いつも祠の暗がりに誰かが立っている気がしたものだが、電力会社の孤独なＯＬが立ち尽くしていた道玄坂地蔵でもあるまい。それでも、今もやはり、鳥居の片端にほの白い影が消え入りそうな足で揺れているような気はした。

「成仏しなされや……」と、胸中で合掌をしてみるが、神社に成仏もない。何か引きずる怖さがあって、磁場を切るようにまったく反対の方向に視線を投げる。角の建物のモルタルの壁に無秩序に電線が群がり這って、またその電線の影が雑を濃くしている。緑青《ろくしょう》が噴いて煤けた電気メーターはすでに壊れているものと思ったが、恐ろしくゆっくりと円盤が回っていて、赤い印がひっそりとホテル街の軌道を描いていた。

「これから、もう一つ打ち合わせがあるから……」

そう瀬木にいって駅前で別れたが、道玄坂のホテル街でまたばったり出くわしたらさぞバツが悪いだろう。彼も彼で会社のボードか何かには「打ち合わせ・寒河江氏・渋谷」などと二時間、三時間の予定を記していたかも知れない。互いに顔を合わせ、照れ笑いの底に薄暗い野卑な蟲を垣間見るのだ。いや、そんなことを思っているのは自分だけで、俗臭にも程があるというものか。

古い扉を開くと、暗い店内にいきなり明度が狂って足元が危うくなる。乾いた埃臭さが鼻腔をくすぐり、逢引に利用していた時の焦燥と懶惰《らんだ》な感じが蘇ってくる。かかっている曲はレスピーギだ。いくつものシートが並ぶ名曲喫茶の細い通路を音を立てないように歩くが、二階への木製の階段は軋むのを避けられない。屋根裏へ通じるような階段も変わりなく、また夕方前の時間といっても客がまばらでまったく私語がないのも相変わらずだった。

二〇年も前に座っていた座席と同じ所に腰かけ、「コーヒー」と囁くように学生バイト風のウエイトレスに注文する。煙草の脂で汚れた漆喰壁の落書きも、その下を覆っている木の壁も同じままだ。ロココ装飾を施した古い柱や壁や天井はおそらくすべて手で彫ったものだろう。レスピーギを流している正面の巨大なスピーカーや天井から吊り下げられたシャンデリアが、わずかについた寒色の蛍光灯にかすかに光っている。

　俺はシートに体を埋めて煙草に火をつけた。二〇年ぶり……。寄ろう寄ろうと思って、いつも足が遠のき、何故また今回に限って自然に足を向けてしまったのか。仕事を途中でさぼり、独りぼんやりと息を抜くに好都合の場所というのもあったが、忍ぶホテルがすぐ近くにあったからといった方が正確には違いない。性が行動範囲を決めていたような狭さと切迫に恥ずかしい汗をかくというよりも、むしろ愚かなほど健康だったといえる。その後、この喫茶の同じシートで、独り過ごした女がいるかというと、まず誰もいない気がする。表面には表れなかったにしても、それだけ自分の横暴さや我儘が女達の優しい気持ちを蝕んでいたのだと、今の自分自身がようやく分かり始めたということなのだ。

「……不埒なひと……」

　覚えのある女の囁きが聞こえてきて、誰の声だったか、と眉間に力を込めてみるが、分からない。もう少しで思い出せるという時に、朧《おぼろ》な女の表情が収束し、尻尾になって消えてしまう。間違いなく最近聞いた声だと、息を詰めて追っていると、曲がドビユッシーに変わった。

クロード・ドビュッシー。この音楽家にはモーツァルトもかなわない。バッハもかなわない。ジム・モリスンも、ツェッペリンも、ルー・リードも、オーネット・コールマンも、ポール・サイモンも、ジェームズ・ブラウンも、武満徹も、まったくかなわない。

「なんで、あなたは、そんな一概に決めつけてしまうの……？」

「と、俺は思ってるだけで、決めつけているわけじゃない」

そんなことを同じシートの暗がりで話し、小さな口論になったことも思い出す。二人とも若い声と抑揚があって、笑いの泡粒が揺れながら上ってくるほどにおかしく、幼い。一体いつくらいの頃だったか、まるで他人が自分の夢を見ているように遠い話だ。

グラドゥス・アド・パルナッスム博士、アンダンティーノ・コン・モート、アレグレット・スケルツァンド、小さな羊飼い、音とかおりは夕暮れの大気に漂う、沈める寺……。

ドビュッシーを弾くサンソン・フランソワのピアノの音に、分別などというものを身につけた小賢《こざか》しい若さではなくて、もっと歳を失っていく自分を感じ始める。俺はそんな時、昔も煙草の灰が長くなっていることに気づかずに、ジーンズの腿の上に蚕のような灰を落としたのだ。

「だから、ドビュッシーは胸がねじ切れそうになるほど切なくて、狂いそうになる……」

「狂うって……？」

「世界をまとっていた俺がだよ」

自分の輪郭が薄くなって、言葉を忘れそうになった頃、「雪の上の足跡」が流れ始めた。シンプルな音粒が灰色の寂しさでぽつりぽつりと歩き出して、和声などを超越した雪原の湿った空気が静かに広がっていく。

「言葉をまとっていた俺がだ……」

雪の上に残った誰かの足跡を、まだ幼い自分は不思議でもの寂しい痕に感じている。まだ言葉を覚えるか、覚えないかの頃ではないだろうか。独りでいることを言葉にできないまま確かめるために、やはり足跡の歩幅よりも狭い足取りでゆっくり追っていたのだ。故郷新潟の田舎町……。雪が一止みし、雪面がわずかに落ち着いて氷の粒のように煌いているのを、俺はドビュッシーの音に見ている。雪を踏み込んだ足跡の穴の縁は、すでにわずかに丸くなって、何時間か前、あるいは昨日、あるいは二、三日前に歩いたものかも知れない。俺はそれでも言葉を知らない。灰白色の足跡について、自分が一歩踏み出すごとに、雪の地平線が右に、左に傾く。冬枯れした黒い木々の細枝がどこまでも繊細で、そのむこうにはやはり灰白色の弥彦と角田山が怖ろしいほどのピントで起伏を表わしているのだ。そして、鉛色の雲は雪を孕んで古綿のように自分の頭上でほころびながらのしかかっている。

ドビュッシーの張り詰めた音の寒さに指先を冷たくしながら、独りで茫洋とした故郷の雪原を歩いているうち、不安と名づけることもできない寂しさに放り出されていた。自分の歳を忘れる。雪面から飛び出した枯れた葦の傾き。今、何処にいるのか。予想もしなかった所に雪穴が開いていて、その下をみすぼらしく水が流れていたりする。雪原の端には民家や防風林の黒い帯が横たわっていて、空には鉛色の渦がいくつも巻いていた。また雪の降り始める空気のにおいが鼻を痛くして、感情とは無関係に滲み出てくる涙が弥彦と角田山を震わせ、ふくらませる。俺はそれでもまだ言葉を知らない。雪の上の足跡からいつのまにか逸《はぐ》れて、まったく雪原のど真ん中で立ち尽くしていた幼い自分に、全方位が雪崩れ込んでくる。自分も雪の弥彦の山にも、細い枝先にも、雪面にも、枯れた葦にも、雪崩れ込む。湿って冷たい空気が自分になっている。いや、自分とは知らず、空気とも知らないで、冬が当たり前のように冬となってる。

いる。

雪、が降り出す。

慌てて深呼吸すると、寒さに白い息が噴煙のように広がって流れる。春にもかかわらず、道玄坂の暗い喫茶の店内で、俺は独り朦々《もうもう》と白い息を吐いていた。


古い洞窟の中で何か原始人達が祭事の打ち合わせでもやっているように見える。大きなガラス窓の中の光景に思わず苦笑しながら木製のドアを開けると、いつものメンバーが赤らんだ顔を向けてばらばらに手を上げてきた。

芯の調整が悪いのか珈琲サイフォンのアルコールランプの炎が、黄色い舌を揺らめかせている。抑えた白熱灯の光よりも、その小さな炎が、カウンターに片肘ついて猫背でうずくまる者、腕組して椅子の背にのけぞる者、肴に箸を伸ばす者、新聞を読み込んでいる者の顔や衣服の輪郭を照らし出していて、背後の脂《やに》で薄汚れた壁には、訳の分からないいくつもの影がふくらんで揺れていた。

「おう、今日は何処だ？」

「渋谷」

樫村の少し土気色の顔までアルコールランプの炎に焙《あぶ》られて、膿んだ感じに見えさせる。

「そんな若者の集まる街に、寒河江君は、また」

「いや、疲れましたよ」と椅子に座ってバイトのセッちゃんに日本酒を頼んで、煙草に火をつけた。サイフォンの丸いガラスの中で水が陽炎のような筋を描き始めて、黒くたわんでいたむこうの景色が乱れ始める。ガラス管の中をのぼっていく水が珈琲の粉を巻き込みながら押し上げるのを見ていて、褐色の対流にぼんやりしていると、

「やっぱり、さっきの話でいえば……」とカウンターの端に座っていた高安が低い声で零した。

「一番怖いのは、北条高時の腹切やぐら、じゃないかと」

「ああ、あれは怖いーッ」と、麻紀が寄りかかっていた壁から背中を弾ませて声を張り上げる。ブルーのアイラインを入れた眼を大きく見開いて、アルコールランプの炎を揺らめかせた。

「東勝寺跡の、腹切やぐらねえ……」

尾長が眼を細めながら煙るような瞬きをして、宙に視線をさまよわせる。

「何の話です?」

「なんだ、鎌倉の究極の心霊スポットは何処かなんていう、低俗な話をしているんだ

よ、このお偉い皆様方は。そんな幽霊なんてものがいるわけがないだろう」

口の端をゆがめて嘲る樫村の言葉に、皆が眉根を上げつつもわずかに目尻に笑いを溜めている。

「俺は、よっぽど、小町通りに群がっている観光客のおばちゃん達の方が怖いわ」

日本酒のグラスを傾けかけたところで、樫村の口の悪さに噴き出しそうになってい
ると、「でも、ハイヒールだときついかなあ」といつもは布袋《ほてい》顔の杉田が深刻そうに眉間をねじり上げてもいる。

「ハイヒール？」

「今度、杉ちゃんが、銀座の女の子を心霊スポットに案内するんだって」

高安がバーボンのロックを啜って、薄いサングラスの奥の眠たげな目の端で杉田を見やると、ほころぶように相好を崩した。

「銀座の女の子が怖がって、キャー、杉ちゃん、怖い、ってしがみついてくるでしょうがあ。そのまま江ノ島のホテルでしょう」

ずんぐりとした杉田が背広の両腕を縮めて怖がる仕草を見せると、店の中が笑いでひと揺れする。ふざけていた本人はいつのまにか携帯電話を手にしていて、「腹切やぐら……」と呟きながらメモを打ち込んでいるようだが、いつか自らの勧める大手証

券会社が、保有する金融商品の値下がりで三八〇〇億円ほどの赤字を抱えているともいっていた。何やら会社から字の赤いメールが入っているのかも知れない。

「せめて、七里のプリンスホテルくらいにしないとな、杉ちゃん」

樫村の言葉に携帯電話から目を離して、大袈裟に破顔してもいる。

アルコールランプの炎が華奢なアルミの蓋に覆われて、薄ぼんやりとした顔の火照《ほて》りが引いた。泡立った珈琲が音を上げながらガラス管を一気にくだって、フラスコの球に褐色の水位が上がっていく。

「でも、高時の腹切やぐらは祇園山ハイキングコースにつながっているから、けっこう観光客多くないかしら?」

「いや、あそこはいない。まず、人に会うことはない。……大体、あれ、怖いのは、看板だよね。ふざけ半分で入らないでください、特にテレビ関係の方々、とか、書いてあるんだよ、あれが怖いんだよねえ……」

鎌倉湖、釈迦堂口切通、永福寺《ようふくじ》跡、華蔵院《けぞういん》……とそれぞれが挙げていって、鎌倉幕府滅亡の時に、高時はじめ北条一門が立て籠もって自害したという、やぐらの話になったらしい。滑川を越えて、ゆるい坂道を上っていくうちにいつのまにか道が狭くなっていて、東勝寺跡のオギやミゾソバの群落に妙な寂しさを覚えているのも束の間、鬱蒼《うっそう》とした屛風山麓の口に捕まっているのだ。その横に腹切やぐらはあるが、確かにぽっかりと山肌を刳《く》り抜《ぬ》いた暗がりから冷ややかな霊気に似たものがよろぼうているのを感じないわけではない。中にはくずおれそうな五輪塔が供えられていたように記憶するが、もはや血も骨も七〇〇年近くも経った地の下へと吸い込まれて、どうやっても事後の、そのまた事後としかいいようのない寂寞《じゃくまく》が、怖いのかも知れない。

「あれ、『太平記』だったかな、『吾妻鏡』だったかな、寒河江さん。新田義貞の鎌倉攻めについて書かれてあるのは……」

尾長がキャップの下の眉間を凝らし、瞼まで皺を寄せて、視線を流してきた。

「いや、俺、分かんないな」

「何だよ、作家が」と樫村が楊枝《ようじ》をくわえながら、眼を据わらせて諫《いさ》めるような表情を作る。こちらも片眉を上げげて牽制してみるが、直毛の白髪の下で酔眼はじっとして動かない。

「『太平記』だね」

厨房から主人の岩崎が修行僧のような痩せた顔を覗かせて、唐突に言葉を投げてきた。

「なんだっけ……猛炎昌《さかん》に燃え上り、黒煙天をかすめたり、ってやつ」

「へー、それで？」

「……血は流れて大地に溢れ、漫々として洪河の如くなれば……、屍《かばね》は行路に横たわって、累々たる郊原の如し……」

「はあ」と皆で感心していると、麻紀が後ろから、「死して屍拾うものなし」と一昔前の時代劇のフレーズを真顔で口にして、笑わせた。

……血は流れて大地に溢れ、漫々として洪河の如くなれば、屍は行路に横たわって、累々たる郊原の如し……。

岩崎の教えてくれた軍記のフレーズを、もう一度胸中ぼんやりと繰り返している。和漢混淆の文が示した比喩は、当時の漢籍のステロタイプだったのだろうが、血の河はまだしも、死骸の累々たる様が野辺のようだというのが妙に引っかかる。屏風山の麓《ふもと》の野原や東勝寺境内に屍が重なり、広がる光景を、そのまま群生する草や剝き出した岩々と同じように見る目が、とてつもなく遠く、諦めている。いや、澄んでいるといった方がいいか。ふと浴室の壁にへばりついている土蜘蛛が、酒の回り始めた頭の中を過ぎって、八足の一本の先がかすかに動く。

「よう、久しぶりのご登場だねえ」

退屈していたのか、店の扉が開くと同時に樫村が振り返って声をかける。携帯電話から眼を離した杉田も、「ああ、透子さんもありかー」と演技じみた陽気な声を上げた。

「ええ？　どうしたんですか？」

少し虚を衝かれたような中にも、落ち着いて湿った声が耳に入ってきた。女の声と指……。障子戸を撫でていた竹葉の影のざわめきが蘇ったと同時に、土蜘蛛が玄牝《げんぴん》の門に吸い込まれるように入っていく。

「いや、鎌倉の心霊スポットの話をしていたんだけどね……、透子ちゃんは、何処が怖い？」

「心霊スポット……。皆さんは、何処をあげたんですか……？」

一瞬、眼の端に視線を感じたが、素知らぬ振りをして日本酒のグラスを傾ける。浴室の天井裏も屍は累々たる郊原の如し、ということもあるのではないか。そんな愚にもつかない連想をしつつも、ひからびた甲冑《かっちゅう》姿の骸《むくろ》の数々が、獰猛なほどの蜘蛛の糸をまといつかせて転がっているのが眼に浮かぶ。

「私は……そうですねえ……。亀ヶ谷坂……切通辺りかしら……」

尾長がわずかに視線をうろつかせたのが分かった。あばら家の天井裏には、蜘蛛の糸に巻かれた女の骸も何体かあるのだ。まだ新しくて白い裸身もある……。

「おいおい、透子さん、その辺りに、俺、住んでるんだけどな……」

振り返って声をかけると、「え？」と眉間を開く。

「そうでしたっけ……。寒河江さん、あの辺なんですか？」

華奢な肩をすくめて笑うと、少し左右に体を振ってバツの悪そうな表情をして見せる。

「それは失礼致しました。……でも、あの辺、怖くないですか？　今日も仕事の関係で、近くを通ったんですけど……」

「ああ、そうか。今日か。透子さんと亀ヶ谷で擦れ違ったんだあ。いや、二、三日前とか一週間前とか、そんな気がしたなあ。嫌だねえ、すっかりボケちまったなあ。それこそ、何、霊的な美女が静々と歩いてきたと思ったんだあ」

尾長がくたびれたキャップを取り、短い白髪を無骨に見える大きな掌《てのひら》で擦って笑った。

「よしッ、それでは」と、樫村が装った声をいきなり張り上げて、半分ほどになった焼酎のグラスをカウンターに置く。

「明日、杉ちゃんのために、その、何だ、腹切やぐらか、みんなで下見にいくか。ハイキングコースを途中で降りて、妙本寺近くの藪蕎麦屋で一杯。……いじけると悪いから聞くけど、ちなみに、寒河江君は、何処なんだ？　だが、つまらないスポットを、いうなよ？」

「そうですねえ。……円覚寺の山門、かな」

「じつにつまらんな」

屍《かばね》の蔵、と書いて、鎌倉、とは誰がいい出したのだろう。えぐったような崖地や浸蝕谷を意味する鎌と、谷の古語である倉が、語源だとは聞いたことがある。ただ、鎌倉は何処を歩いても現実の軸が狂うような磁場ばかりで、何処がどうともいえないほど霊所だらけだが、夜の円覚寺山門は、最も現実感が狂っている俺の閾《いき》のような所だろう。

特に雨の晩は……、と喉奥で声にならないことを唸っていて、また酔いの浸透に妄想を抱きそうになっている自分がいた。そして、山門は俺の底の何処かにある。

午前の一一時近くになって、畳に投げ出していた携帯電話が振動した。

不平に似た低い唸りを聞いた瞬間に、何故か昨日の渋谷道玄坂、千代田稲荷を思い出して、ああ、女の霊が立っている錯覚と高時の腹切やぐらがつながったのかと納得してもいる。約束の二時までにはまだ時間があるが、樫村からの確認の電話だろうと液晶画面を見ると、「ウラキ」と青白い文字で表示されていた。

「……何しった？」

低いボソリとした声音は昔と変わらないが、息の含みに同い年の鈍重さと気遣いの混じったものがあって、携帯電話を耳にしながらほのかな温さを覚える。人の声は年月を超えても変わりにくいというが、自分の声も鈍さや疲れや、あるいは不精などが、黴のようにまだらな模様を作っているのだろう。

「いや、別に何もしてねさ……」

新潟の幼馴染《おさななじみ》からの電話というだけで、無意識にも方言のスイッチが入って声の重心が低くなる。障子に映り始めた竹の影群に、障子戸をわずかに開いてみると、いきなり銀色の日の光が眼を射て、慌てて顔を伏せた。一閃の刃筋のような残像が瞼に温かい。

「浦木は？　今日、病院はいいんか？」

「休みらて。……いや、さっきまで、ずっと考えててや」

互いが生まれ育った同じ田舎町で心療内科の開業医をやっている浦木とは、新潟に帰省した時にごくたまに会うだけだが、幼い頃はよく遊んだ仲だ。会ったとしても、結局近況だけで何も話さず、ただ黙々と呑んでいるのだが。

「この前、寒河江にちょっと話した女のことらけど……、ああ、おめえ、それより、あの夜、ちゃんと帰れたんか？」

「ああ？」と間抜けな声を出していて、三ヶ月前に帰省した時は浦木には会っていないはずで、むしろ、一年も二年も前の話になるだろう。浦木もよくその世界でいわれる、病というやつに摑まったのか。

じっと涙でも溜めているような俯き方をする中年男の顔など中々見かけないが、浦木は時々そんな表情をする。哀しみだとか絶望だとか、あるいは寂しさだとか、陰の感情が混じり合って溜まっている壺を、じっと静かに覗き込んでいるような表情なのだ。

「何いうてるや、寒河江……。おめえ、覚えてねえんかなあ？　まあ、相当呂律《ろれつ》が回ってねかったたっけ、覚えてねえか……。寒河江が、なんだ、北鎌倉の、円覚寺山門から電話かけてきたねっかや。物凄い雨で、今、俺は女の幽霊とやってしもた、おめえは病気らと思うかも知らんけど、幻覚とかじゃねえ、ちゃんと話もして、なんだ、艸の話をして、とか何とか、よう分からん話をしてた」

俺が円覚寺の山門から浦木に電話をした……？　履歴を確かめてみなければ分からないが、もはや泥酔した夜の記憶は残っている方が少なくて、何もいえない。携帯電話の感触も浦木の声も片鱗さえ残っていない。

「俺、女の幽霊、いうたか？」

「いうた。どんが女らった、って聞いたら、分からんいうてたわや」

携帯電話の奥で浦木が低い声で笑うのが耳に湿る。何故か、浦木がＭＲＩのアイボリーの寝台に横になり、頭を機械のツルリとしたトンネルの中に突っ込みながら、話している図が浮かんだ。

「……で、おめえのその、女の話っつうのは、何だろ？」

低い笑いの尾に浦木の溜息が引きずられて漏れてくる。話しても無駄だと思ったのか、疲れなのか。

「……新川の排水機場は、俺達が何歳頃に、できたんだったや？」

障子に竹葉の影が細かく揺れて、その間を光が煌めいて透けては瞬いている。まったく脈絡のない話を振られて戸惑うというよりも、浦木の脳裏に結ばれている因果を静かに追うしかない。俺は片手で机の上の箱から煙草を一本ぎこちなく取り出して火をつける。

「寒河江がエッセイらか小説らかに、新川のこと、書いたことがあるろ。保育園をさぼって、一日中新川のほとりでボーッとしていたいうて……」

障子越しの日差しに煙草の煙がくゆって、薄紫色のマーブル模様を描く。

新川……生まれ故郷の町に流れるミルクコーヒー色の川……。まだ、四、五歳の頃、神社の裏にある材木置き場に潜り込んで、新川の水面に躍る光を独りで見つめていた。保育園で皆と同じことをして遊ぶのがどうにもつまらなかった頃の話だ。吸っている煙草の煙の筋が、陽炎の影のように見えて、一瞬頭を振る。

「それで、新川に葦《あし》や萱《かや》の島が流れてきたり、時には豚やら牛の死骸が流れてきたいうて書いてたろ?」

障子の影が夥しく瞬《また》いて、眼の奥を慰撫する。新川に反射する光の群れも楔形《くさびがた》にチカチカと瞬いて、見続けていると、川が川でなくなってくるのだ。反射した光の群れが、神社の軒裏や壁に映って、涙がわだかまるように震える。時には川面を原生動物の動きのように光はぬめり、時には何百匹という金色の蛇が泳いでいるように見えて、またチカチカと光の棘が咲く。材木置き場の砂の上には、朦々《もうもう》と陽炎の影が燃え上がって焙《あぶ》っていた。

「あれ、みんな、海に流れてさ、俺達が海に遊びにいくと、よう、浜辺に打ち上げられていたねっか。豚やら毛の抜けた犬やらが腹ふくらませて……」

一陣の風が吹いたのか、障子の竹の葉群が一斉に靡《なび》き、光の粒子が波立った。

「そうらったな……」

影の乱舞が影でなくなる。葉の一枚一枚の輪郭が光をまとって震え、障子に映る世界が何なのか分からなくもなる。確か、あの頃の新川もただ光だけになり、黄色い保育園の帽子を被っていた自分も光の方へと溶け込んでいったのだ。

「だけどや、浜辺に上がった死骸は、いつくらいから見ねなったかいうことらんさ……」

おっかねえ。おっかねえ。といって、新川が新川でなくなり、でも町に流れる新川で、幼い自分は今目の前にしているものが信じられなくなって、これは夢に違いないと思ったのだ。だが、川面に躍る光の世界が夢だとしたら、夢から覚めた時にどんな他の世界が待っているんだろうと、異常な恐怖に襲われたのだった。

「つまりや、新川の河口の排水機場は、いつできたかいうことなんて」

障子戸のむこうにあるアルミサッシの窓ガラスに、風に煽られた竹の枝先が擦れて軋むような音を立てる。日の光が隙間少なく茂った竹の葉群の影を浮き立たせている、いつもの障子戸が前にあった。新川も新川に戻って、眼の前に帰ってくる。

「……浦木……それは……どういうことなんで？」

「河口の排水機場が、新川に流れてたゴミとか動物の死骸とかや、みんな、堰き止めて、海に流れねえようにしたろが。……それで、この前話した吉沢さんのことなんだけども……」

「……吉、沢……？」

吉沢……。かすかに輪郭が明滅する。まだ幼いままの横顔が朧《おぼろ》に浮かび、だが数年前に同級会で会った、あまり場に馴染めずにいた表情が重なった。浦木との共通の知り合いで吉沢といえば、旧姓のままの吉沢朋子、中学校時代に同じクラスだった吉沢朋子くらいだが……。

ただ何処かで生っぽい記憶があって、幼い頃やすでに中年になった吉沢の姿の片鱗をごく最近想像に浮かべた感触が、残像のように白っぽく浮いているのに気づく。やはり、浦木は自分が夜の山門にいる時に、彼女の話をしたのか。

「トモちゃんだろうが？　寒河江、その話も覚えてねえんか？　半年前から俺の所に通ってるっていったねっかや」

浦木の病院に通っている……吉沢が。と、胸中言葉にした時、彼女が中学時代に失語症のようになってまったく話さなくなった時のことを思い出した。クラスでも垢抜けていて、田圃と海に挟まれたあんな田舎町にいたのに、バレエを遠くまで習いにいっていた。そんな眩しい子が、中学二年生の秋くらいだったか、いきなり言葉を発しなくなったのだ。自分達まで腹の中をえぐられるような想いで、世の中の分からなさに直面した事件だったから、吉沢本人は母親と一緒に一度は死んだのかも知れない。

「ああ、吉沢朋子さんな……。それで、排水機場いうのは……」

ガラス窓に軋んでいた音が、乾いた撫でる音に変わって、蟲のような楔形の影が障子戸を靡いて揺れる。何か頭の中をざわざわと葉群に濯《すす》がれている気分にも、掻き乱されている気分にもなった。

「排水機場が造られたんは、俺達が小学六年か、中学一年の時らったよな？」

「小学六年ら」

当時は、東洋一の排水機場として謳われた記憶がある。学校の図画の時間に写生にいって、確か河川水だけを海に通す川幅大の頑丈な柵に、たくさんの葦の絡まりや犬の死骸などが引っ掛かっていて、それだけを描いたやつがいたのだ。カーキ色に濡れ染みた葦や萱が乱雑に山のように柵に群がって溜まり、農薬のビニール袋や錆びた空き缶、壊れた発泡スチロール箱、ポインターのような白黒ぶちの痩せた犬の死骸……。毛が抜け落ち、紫色にふくれ上がった腹や、白く濁った目玉は、今の自分が思い出しているだけかも知れないが、異様なほどのリアリズムで描かれた絵だった。あの絵を描いたのは、誰だったたか？　ひょっとして吉沢朋子ということもありうるのか。

「らなあ。やっぱり、そうらよなあ……。それで……彼女さ、双極型の鬱といわゆる被害妄想が絡んだ状態らんだけど……探っていくと、どうも母親を死なせたんは自分らいうんさねえ。……ずっと引きずってるんさ……。まあ、薬で安定させることはできるけどや……」

　浦木のいっていることの意味が分からない。吉沢の母親が溺死体で五十嵐浜《いからしはま》に打ち上げられた事件と、排水機場の建立《こんりゅう》年が結びつかない。自分達はもちろん吉沢の母の遺体を目撃したわけじゃないが、波打ち際に寄せられ、濡れた砂にまみれた全裸で、何度も何度も浜辺の傾きに転がるのを波に押し戻される姿が、イメージされ、噂された。事件といっても、犯罪が絡んでいたわけではなく、母親の入水自殺によるものだった。

「トモちゃんさ、お母さんが飛び込んだ時、見ていた、いうんさ。……あの、三日月橋から、あっという間に飛び降りて、そのまま水面から見えねなった、いうんだよ」

「三日月橋……？」

　そこで浦木のいっていることが腑に落ちた。三日月橋は、町を通る弥彦街道上の橋で、河口付近、しかも新川排水機場よりも海側に架かっているものではない。もしも、三日月橋から入水したのだとしたら、どんなに流されたとしても間違いなく排水機場の柵に萱や犬の死骸と一緒に堰き止められて、海には出ないはずなのだ。

「三日月橋……。なんか切ねえてや、川に落ちた音やら黒い影やら、はっきり覚えてるんだと……。でも、それにしてもや……」

「五十嵐三の町の浜だよな、彼女のお母さん、上がったのや……」

「なんさ……」

浦木が深呼吸する音が携帯電話の奥から聞こえてきて、軽い湿った咳払いが耳を打った。ＭＲＩのツルツルしたトンネルは浦木の頭のどの辺りを輪切りにしているのだろう。三日月橋から滑り降りるように落ちた朋子の母親は、死亡推定時刻からして、夕刻近くて影のように見えたのかも知れない。それも人の形というよりも、よじれた黒いシーツやタオルケットのようにも見えただろう。そして、間違いなく新川の水面に飛沫を上げる深い音。

「なんか、人のことはいえないが……、吉沢さん、記憶が……混乱してるんさねえ、きっと……。吉沢さんのお母さんは三日月橋からじゃねえだろ。排水機場よりも海側ら。俺はそう聞いていたんけどな。三の町側の突堤《とってい》じゃねかったろっかな……」

三五年近くも前のことが、吉沢朋子という女には、昨日のことでもあり、今日のことでもあり、明日のことでもあるのだろう。

「それで……彼女さ、笑わないでとかいってや、お母さん、魚になって、排水機場の鉄柵の間をすり抜けた、いうんさ。真面目な顔で。見た、いうんさ。母親が落ちた後に慌てて、走っていって欄干《らんかん》から覗き込んだら、大きな真鯉みてえになって、河口の方に泳いでいった影を見た、いうて……」

脳裏に揺れる新川の黒い波紋が煩わしいのか、浦木が女の病いについて話すのが煩わしいのか、それとも、浦木にそんな話を呟くように語る朋子という女が煩わしいのか、粘った靄が胸の中に絡みついてくるようだ。

宵の三日月橋の川面に、細くくねり躍る光が浮かんでいるのをいつのまにか想像していて、冷ややかな水のにおいにしっとりと覆われている自分がいる。ふと、意識を戻した時に、あまりに穏やかな光が竹葉の影を映しながら障子戸に満ちていた。今、俺、何処にいたや、と新潟弁の独り言を漏らしそうにもなって、いつのまにか短くなっていた煙草を灰皿に押しつける。

「……トモちゃんさ、肌に鱗が出始めた……いうんだけど、あれは、単純な細菌疹っていうやつで、母親が変化《へんげ》した鯉の鱗じゃねえと聞かせてるんだけどもねえ……」

浦木の脳の断層写真は、今どんな風景を描いているのか……。

ようやく、俺は、子持ちの浦木が吉沢朋子と情を交わしているのだと気づく。時制が狂っているようだが、朋子の見た真鯉は母親の化身ではなくて、失われたものかも知れないとも思う。朋子の中では記憶が常に更新されている。

「……そうか……」

「そうなんさ……」

項《うなじ》の辺りに圧を感じて何気なく振り返ると、土蜘蛛が部屋の壁いっぱいに八足を広げている。俺は黒曜石のような八つの眼と睨み合って、難儀で愚かしい電話に笑い出したくなるような、むっつりと塞ぐような、奇妙な気分になる。どちらにしろ、土蜘蛛には、障子に映る竹の影も、俺の影も同じだろう。俺の頭の中に揺れていた新川の光も同じだ。浴室の天井裏には、また糸で絡められた繭《まゆ》のようなものが増える。胎児の形をしているが、中は空疎で朋子という女の夢の色をしている。

絡まり、はびこる。のたうった夥しい静脈が土から黒く濡れ光って露出し、群がりの様が貪婪《どんらん》な網のようにも見える。木々の根がびっしりと地面を覆い、人体の解剖図で見た腎臓の血管群を思わせもして、小楢やイヌシデやスダ椎などの植物が軟体動物のようにじわじわと侵蝕してくる感じだ。長く風雨に晒されているせいか、それとも鎌倉時代からの天文学的な数の足跡がそうさせたのか、節くれた根のすべての稜線が黒光りして、その中に血が通っているようにも見えるのだ。露わになった岩の上にも群がった蛸の脚ははびこり、時に根と岩の間に空隙《くうげき》ができていたりするのを見ると、よけいに怖ろしい感じもする。

獰猛な緑の葉群が湿って粘った気を籠もらせ、青臭さと草いきれと土の湿りが口を塞いでくる。急な勾配に深呼吸すると、足元で群れ傾いた紅羊歯《しだ》の、節足動物を思わせる葉から黄色い胞子が肺の奥に入ってくる気さえした。環節からそれぞれ一対の脚が出て、わさわさと宙に広げる緑の逞しさに怯む思いさえして、ふと頭上で台湾栗鼠《りす》が榛《はん》の木の皮などを落としたりすると、浴室の主のような大きな蟲が落ちてきたかと首をすくめる。

木々の根の網に足をかけ、黄褐色の岩の凹みにまた足をかけ、体をひねって大袈裟な声を上げながら朽ちた倒木をまたぐ。一体、何年前の落葉なのか、もはや砕かれて黒土と化したかのようだが、眼を凝らすと鋸状の鋭い端が残っていたりする。

鶯《うぐいす》の声。右から聞こえたかと思うと、左奥の谷下から反響しながら別の鶯が応える。額に浮いた汗を手の甲で拭って、ことあるごとに意味もなく鎌倉の山を歩いてばかりいる自分に、笑いとも陰鬱な苦味ともよく分からないものが込み上げてきた。源氏山に棲息する鴉が、まったく人気のない閑寂とした山道を独り黙々と歩く男を面白がってか、警戒してか、欅《けやき》の枝から枝へと飛び移っては目の端で窺いながら待っている。

今頃、樫村達は高時腹切やぐらから祇園山のハイキングコースに入り、妙本寺の上あたりだろうか。浦木からの電話を切った後にドライブモードに設定してしまい、樫村からの着信を何件も受けてはいたが、何か皆と歩く気になれなくて返事もせず仕舞だった。そのかわり、独りで浄智寺裏の山道から上がって、葛原岡《くずはらおか》神社を通り、化粧《けわい》坂《ざか》へと向かう。

化粧坂切通……。都心から鎌倉に越してきたばかりの時に、まだ一緒に住んでいた女と闇雲に歩き回って、源氏山から銭洗弁財天や佐助稲荷神社、日野俊基朝臣《ひのとしもとあそん》の墓などを訪ねたが、たまたま独りで歩いていた時に、ぽっかりと谷をうがったような岩だらけの坂道に出たことがある。そこを何も意識せぬままに下っていった時、唐突に周りの音が消え、放り出された。頭の地軸が狂うというのか、平衡感覚が乱されて、一体何だろうと思ったのも束の間、「俺はここで女を殺したことがある……」と谷底を睨みながら胸中呟いていたのだ。演技じみている自分を感じはしたが、確かに、俺は、ここで女を殺した……と、奇妙な実感が肌をざらりと撫でて、慌てて足元の悪い岩道にもかかわらず駆け下りてしまった。それが鎌倉の観光名所としてあまりに有名な化粧坂切通だと後で知り、自らの俗気にがっかりした覚えがある。だが、それでも、胸の何処かに鉤が引っ掛かっている感じで、心霊スポットなどというものとは違う気持ち悪さを未だに引きずっていたのだ。

いきなり谷へと落ち込む急勾配の道が眼下に現れて、下目遣いする自分の冷ややかさのようなものが、また何者かの背中を連想しそうになる。S字にきつくカーブする黄褐色の坂の脇を、木々の獰猛な緑が覆い被さり、影をつけているようだが、坂道に浮き出た歪な影はむしろ肩を怒らせたり、口を開いたり、瘤《こぶ》の隆起した背中を丸めたりしている岩々の凹凸のせいだ。

一歩一歩確かめながら、露出した岩の窪みを見つけては足を運ぶ。風化と人々の足で磨耗した丸みの中にも、ここ一〇〇年くらいの年月でできたものとは違う、草履や素足などでなめされた柔らかさと恐ろしさがある。道脇の岩からしぼり水が染み出して、女の股の薄暗さを想わせる湿りに羊歯や苔がびっしりと群生し、朽ちた落ち葉のにおいを女のものと錯覚している自分がいる。

鮮やかな緑色の繊毛の浮いた倒木をまたぎ、岩の窪みにまた足をかける。前屈みになった体を戻して再び下を見ると、やはり、前にきた時と同じように、今ここにある時空の感覚を忘却させられるようで、一体自分は何時代にいるのかと一瞬でも本気で思ってしまうのだ。そして、顔の見えない女の背中が、俺のすぐ目の前にぼんやりと現れる。

誰も見ちゃいない。誰も通らない。そんなことを腹の底で呟いている。どの女性を連想しているのかすらも分からず、ただ女の感触だけがあって、だが、抱き寄せたいとか犯したいという肉の欲望は微塵もない。ただ理由もなく、後ろから首を絞める。背中を蹴り倒す。血を頭に上らせ、修羅のような顔をして憤然と働く自分の鼓動だけが、聞こえる。

女が紙で作った形代のように、一気にへなりと倒れると、突然自分に意識が戻ってくる。慌てて音がするほど息を強く吸い込んで頭を振っている自分が、分からない。

平家の首級を化粧して首実検したからとか、その一帯に遊女が住んでいて化粧をする坂だったからとか、あるいは、険しい坂だから、と名の由来はいくつかあると聞いているが、新田義貞の鎌倉攻め以来、ずっと化粧坂が血で濡れていたのは史実らしい。だが、何処を掘っても人骨が出てくる鎌倉で、今更霊が憑依したもないだろう。化粧坂の何かしらが、古刹の山門のように、自分をまたがせるといった方が、まだ納得がいく。

と、黒い大振りの軌跡が視野の隅を過ぎって、良寛の辞世の句が浮かびそうになった時、一匹の黒揚羽が宙によろめく感じで現れた。瞬時に太刀を抜いて斬っていたか、と思うこと自体が、遥か前の時代にいる自分を想像していた証拠かも知れないが、むしろ臆病が膨張していて、殺したと思った女がいきなり立ち上がって牙を向けてきたと感じたのだ。独り化粧坂で鳥肌を立てつつ、馬鹿馬鹿しいと自嘲しながら、黒揚羽のはためいてはジグザグに宙を縫っていく静けさに、また怖いような気がしてくる。「よく……見かけるな……」と、実際に声を出してみて、その低く鈍い声の出処の分からなさによけい寒くなる。岩の窪みや繁茂《はんも》する羊歯の陰から出ているとしてもおかしくないくらい遠い声に思えた。本当に自分の声か、と小さく唾棄し、自分の輪郭を取り戻そうとして、先をいく蝶を睨みつける。大きな黒い蘭が花弁を開いたかと思うと、扁平になって斜めに滑空し、逆に傾いて、また浮き上がる。後羽の尾状突起が何か宙に引きずるようで、不規則に見える軌跡にも、意味があるのか。そんなことを思い、また不意に乾いた笑いが飛び出す。

人間が考えることなど、黒揚羽にはまったく関係なく、一匹の蝶の行方に、花だの、蜜だの、風だの、あるいは人の生まれ変わりだのを勝手に詮索している自分こそ、あまりに貧しい。蝶には小楢の倒木も、岩煙草も、羊歯も、落葉も、湧水も、化粧坂も、まったく違うものとして見えている、感じられている。軽やかに舞う、などと人は簡単に形容するけれども、黒揚羽はねっとりとして重い水の中を泳いでいるのかも知れないじゃないか……。

そんなことを思った時、数時間前に電話で聞いた浦木の話が唐突に思い出された。

「それで……彼女さ、笑わないでとかいってや、お母さん、魚になって、排水機場の鉄柵の間をすり抜けた、いうんさ。真面目な顔で。見た、いうんさ。母親が落ちた後に慌てて、走っていって欄干から覗き込んだら、大きな真鯉みてえになって、河口の方に泳いでいった影を見た、いうて……」

吉沢朋子が見たといった真鯉の影が、波紋に揺れながら化粧坂の水底をゆっくり進んでいく。数年前の同級会で会った時の朋子ではなく、中学時代の女の子の顔が思い出されて、まさか鎌倉の化粧坂で吉沢朋子のことを考えている者がいるなど、この世の誰も思いつきはしない、思うわけもないだろう、と他愛ない想像に空疎な気分にもなる。

魚影は静かに河口に向かって、鉄柵を擦り抜け、汽水の層を越えて、砂だらけになって浜辺に打ち上げられた。何度も何度も繰り返され、記憶を塗り替えるようにして生活してきただろう、朋子という女が今になって、浦木に母親の化身である真鯉の話をする。それをまた自分に話す浦木の寂しさが、波紋の間隔が狭くなって岸に近づいてきたような切迫を思わせた。

「まだ、五〇らぞ、浦木……」

声を発そうとしたが、体が億劫《おっくう》に感じてか出てこない。魚影の尾鰭が漣《さざなみ》を立てて、化粧坂の水面近くにまで上がってきて、映っていた月を乱す。半月のゆがみが、短く屈めた手足にも見えて、羊水に揺らめく白い胎児の影になって笑った。その刹那《せつな》に、掻き壊された波紋と一緒に、真鯉の影が女の胸の中から新川に滑り出たのだ。

朋子の母親が何故自殺したのかまでは、自分達は聞かされていなかったが、朋子の堕胎した影が、五十嵐浜の沖ではなく、亡くなった母親の方へと泳いでいくのを感じる。母親は母親で、河口付近の汽水の中を泳ぐ魚の影を見て、それを追おうとしたということもあるのか……。

気が触れたんだわね、きっと。いやいや、心中しようとしてたてがんに、男だけ岸まで泳いで助かったんだわね。ほれ、ご主人さんが他の女の所にいってしもうて、それで。違うんだよ、神様を見た、いうてたんだわ……。自分達が子供の頃に、様々な臆測が小さな田舎町に飛び交ったのだろうが、本当のところはまったく分からない。ただ推測の類は皆それぞれの心の現れであることに気づいて、しばらくして町の者達も噤《つぐ》んだには違いない。浦木も朋子の見た魚影に摑まりながら、母親の方の海馬へと辿り着こうとでもしているのか……。

夕刻の新川が見えてきて、岸に灯った水銀灯や月の光が揺れ動く。舫《もや》った小型の漁船やボートの黒い影が、交互に上下して軋んだような音を立て始めた。川面で細かく蛇行する白い光の反射が、さらにあちこちでくねくねと躍り始めるのを見つめているうち、その波紋を狂ったように乱し、飛沫を上げる者がいる。怒声と悲痛な声。必死の形相で岸へ泳いでいこうとする浦木の顔が黒く濡れ光って見えて、その後ろをゆったりとさらに漆黒の魚影が追っている。

「……まだ、どうとでもなるろう……」

そう胸中呟きつつ、すでに間に合わない、ということもあるのかも知れない。足首が濡れてしまったのは事実だ。びちゃびちゃと音を立てて、足を高く上げながら逃げようとして、さらに泥濘にはまってしまう。何が、人生まだまだこれからだ、だ。逆に、何が、人生はや終わった、だ。生きている側か、死んでいる側か、どちらともいえない所から水は回ってくるのだろう。逃げる必要も、開き直る必要もない。ずぶ濡れになりながら気づかぬまま、干上がっている者もゴマンといるじゃないか。

「……一緒に、いくしかねえろう……」

ぼんやりと遠目で真鯉の影を眺めているうちに、新川の水面の光が濡れた岩の肩にも窪みにもなる。三日月橋から見える漣の瞬きは、化粧坂に群生する湿《しけ》羊歯のようにも見えてきて、少年の頃の自分は鎌倉の源氏山奥にある坂を知っていたのかとも思う。水の淫らに冷たいにおいがする……。目の焦点を懸命に戻そうとしても、まだ新潟の町に流れる新川から離れなくて、時々浮かんでいた豚の死骸や萱の島に向かって小石を投げる幼い力に、腕がかすかに痙攣した。鼻を刺す土のにおい……。

黒い尾鰭が重い泥のような水を掻いていく姿から、ようやく目の焦点を引き剝がし、またしばたたいて焦点を戻すと、風の中の重力を泳いでいる一匹の黒揚羽に結ばれた。

それにしても、あの蝶は……蝶に、似ている……。

そう思った時、ぶよりとした境目のない所に融けそうになっている自分がいる。気が遠くなるような、逆に気が近づき過ぎるとでもいうような、奇妙な振幅の間に放り込まれた。羊歯や落ち葉や真鯉などという言葉が消えていきそうになる。それとも、言葉などという羊歯も落ち葉も真鯉もなくなるのか。もうほんの少しで、幼い頃のように自分自身が黒揚羽となってはためき、宙に鱗粉を撒き散らし、蜜の味のルートを発見できる……。

「！」

と、次の瞬間、突然白い空が眼の前を覆った。木々の葉の黒い影に囲まれた空が現れたと思った刹那に、俺は左半身を強く打っていた。しぼり水で濡れた岩盤と苔に足を滑らせて、思わず派手に受身を取っている。左肘と腰骨に鋭い痛みが走って、息を詰まらせながらも黒揚羽を視線で追ったが、何処にいったか。視野の隅でひらりと軌跡が見えたような気がしたけれども、痛みに顔を顰《しか》める。その瞬間に瞼の裏に何故か樫村達が今頃啜っているだろう藪蕎麦が浮かんだりして、一体自分は何を考えているのかと思う。

しばらく化粧坂の途中で倒れるままに固まっていたが、ようやく半身を起こして無様さに顔に血を上らせていた。幸い誰も化粧坂にはいない。目をしばたたかせ、「あちゃー……」などと声にならない唇の形だけを装いながら、ジャケットの肘を黒く汚した泥を見つめる。

ふと顔を上げると、橡《とち》や小楢や以呂波《いろは》紅葉《もみじ》などの落ち葉が堆積し、岩壁から滲出してきた湧水に朽ちて墨のような汚泥になって化粧坂を覆っていた。削り抜かれて露わになった岩壁の地層は風雨に晒されて、千畳敷《せんじょうじき》の波食《はしょく》のような荒削りの縞を見せたり、髑髏《どくろ》が犇《ひしめ》き合って阿鼻叫喚の表情の群のような凹凸を見せたりしている。その一つ一つの起伏にも季節にかかわらず落ち葉がふすぼれた感じで積もって、所々細い木の根や藤蔓がひからびた血管のように垂れ下がっているのだ。

小さな呻きにも似た声を上げて立ち上がり、チノパンツにへばりついた泥に口をゆがめる。あの黒揚羽は何処へいったのかと視線を宙にさまよわせたが、すでに何処にも見当たらない。榛《はん》の木の光沢のある枝や根笹の披鏾《はばり》を思わせる葉群が揺れ、緑の雪崩を起こしている以呂波紅葉が気味の悪いほど過剰に重なり合っていた。

いや、すでに俺が黒揚羽になっているということもありうるか……。俺がいつか殺した女に自分の足を掬《すく》われて、発条《ぜんまい》状の舌を持つものに転生する。複眼で見る化粧坂で独り転んだ男はあまりに無様で、山椒やカラタチの葉にくっついている緑色の幼虫に見えるかも知れない。幼虫の男はカラタチの枝に這い上がって歪な蛹になり、そのうち黒揚羽に羽化し、化粧坂でまた同じ風景を見ることになるのだろう。

これを輪廻《りんね》と呼びたい誘惑に駆られるけれど、愚かしい話には違いない。黒揚羽はじつに黒揚羽のままで、転んだ男もじつに妄想癖の愚かな男のままなのだ。溜息を一つ漏らして、汚れた左の掌をチノパンツで拭う。この恰好のままでは、樫村達のいる藪蕎麦屋にも合流できそうもない。

上に結わえた棕櫚紐を外し、半分ほど朽ちた板塀の戸を静かに開ける。

まったく用をなさない板塀は傾き、途中でくずおれているものだから、よほど慎重に戸を開けないと、そのまま映画のセットのように簡単に倒れてしまう。また静かに戸を閉め、上の紐を結わえて戸をかろうじて固定した。

　ふと振り返った時、枝雲寺のあばら家の中に人の気配を覚えたが、すぐ脇にある井戸のせいかも知れない。今は厚さが一〇センチほどもあるコンクリート板で蓋をしているが、わずかにずれて井戸の四方との間に隙間ができている。百数十年前に庭男の飯酒盃という男がその中に飛び込み、また、自分の前に住んでいた拒食症の女性も飛び込んで自殺したという井戸。住み始めた当初は、風の加減で隙間が音を立てて細い呻き声を上げるのを、それこそ霊の声だと思って、日中の明るい時に新聞紙を畳んで隙間に埋めたりしたが、どうにも自分が息苦しくなって結局取り払い、そのままにしてしまった。

　長く鋭利な三角形の闇に手を翳《かざ》すと、かすかに風が漏れてくるようで、鼻先を近づければ何か生臭いにおいもする。飯酒盃か拒食症の女か、陽炎《かげろう》のように揺らめきのぼっているわけでもないだろう。長年底に溜まった水に、見たこともないような藻が発生し、そこに無数のゲジゲジやムカデなどがたかっているに違いない。いつものことだが、腹の中に井戸の隙間と同じ形の空洞をぽっかりとうがたれたようで、神妙に片手で拝むと、ドアの鍵を取り出した。

雨樋もいい加減なトタン屋根から、だらしなく雨水が垂れるものだから、土の上には畝のような列があって、枯れた竹の葉がびっしりと溜まっている。たまには箒で掃かなければならないと思いつつ、原稿の締め切りにかまけて何かそのまま荒れた堆積に埋もれていく感じも悪くないと放ったままだ。朽ちた板塀にしろ、少し大きな地震がきたら崩れそうなあばら家にしろ、すでに自然に近くて、鎌倉の山に自生する草木と変わりがない。

視野の端に竹林の葉がそよいでいるのを感じながら、ドアを開ける。と、狭いコンクリートの三和土に、細い黒のハイヒールがきっちりと脱ぎ揃えられているのが眼に入った。エナメルの光沢と女の姿態のような細さが、控えめだけれど色がにおい立つようで、自分の靴やサンダルとあまりに不釣合いだ。何処かサラブレッドの曲線を連想させるハイヒールを見つめながら、後ろ手にドアを閉める。内側の土踏まずの部分に、まだ新しい金色のロゴが光ってもいて、女の足の指を愛撫したいと、衝動的にせり上がってくるものを感じたが、自分の喉から出てくるのは鈍く無愛想な声だった。

「きてたのか……」

二つ並んだ四畳半の奥の部屋の方に声を掛けながら框に上がると、女は畳の上にただ座り込んでいて、顔を上げる。すでに夕方近くなっている日差しが障子をわずかに赤く染ませていて、竹葉の影もそれぞれがダガーナイフのように伸びて揺れていた。女の背後にたくさんの刃が斜めに降りかかっているように見えて一瞬息を呑んだが、女の方は慌てて膝の上で俺が部屋着にしているくたびれた安物のトレーナーを丸めていた。

「……何してたん？」

無意識のうちに新潟弁が出てしまい、まだ浦木や朋子の話が残っているのかと思う。女は髪を片方の耳にかけながらも、眼の焦点を頭の中から戻すのに手間取っているような表情をしている。黒のタイトなジャケットに、薄手のハイネックのカットソー、紫紺のフレアースカート。いつもの仕事のいでたちではない。

「ううん……。あ、俊和さん、どうしたんですか、そのジャケット、パンツ」

女がようやく眼を見開いて、背筋を伸ばした。

「……化粧坂で、後ろから蹴り倒されたんだよ……」

女の人に、と冗談で付け加えようとして、そのまま口ごもるように噤んでしまった。一瞬、吉沢朋子の、今度は中学時代ではなくて、もう五〇歳近くになる顔が浮かんできたからだ。朋子が本当に堕ろしたとして……などと安易に想像していた自らの無神経さに、何か吐き気のようなものが込み上げてくる。いや、むしろ、あれは浦木の作り話で、朋子の母親の入水は事実には違いないが、浦木自身が少年時代の闇に見た夢を何度も作り変えて、新川に巨大な魚影を見ているのではないのか。

突然、浦木だけではなく、樫村や尾長や「椿」の年配者、仲間の男達が、好きな女の横で泥のように澱んだ表情で甘えて、とろりとした瞬きを煙らせているのが見えてくる。何よりも事後の自分が女の耳朶《じだ》に唇を触れて、春泥のように崩れた顔で臭い息を吐いているのが見えた。女達は寝ながら今の夢を見ているが、俺達は覚めながらガキの頃の夢を見ている。まさか母性などというものを求める気持ちはこれっぽっちもないが、俺は言葉を覚えたか覚えないかの頃の夢ばかり見ているのだ。

「女に、ですか……?」

「え?」と、思わず間の抜けた声で聞き返している。

「あそこは、昔、遊女がたくさんいたんですよ」

新潟の漁師町に流れる新川の三日月橋で、魚影をじっと覗き込んでいる男の影は浦木ではなくて俺だとしてもおかしくはない。

「転んだよ」

雨の山門で、知らない女と交わっていた男は浦木であってもおかしくはないのだろう。

「クリーニングに出さないと……。ズボンの方は……手洗いしてから洗濯機で大丈夫ですよ」

女が首を傾《かし》げて、チノパンツの汚れを確かめると、髪が砂のように流れる。旋毛《つむじ》の地肌が初心《うぶ》なほど白く覗いて、腹の中をえぐられるような悲しさが唐突に込み上げてくる。死角を衝かれたような感情の動きに、自分の脆さが露呈したみたいで、それに対して情けない溜息が漏れそうにもなる。

俺の方が朋子よりも更年期に近いんじゃないか、などとまた無神経なことを思い、頭を振りながらジャケットのポケットに手を突っ込んだ。右のポケットから煙草と百円ライターを取り出し、一緒に鎌倉小町にある呑み屋の領収書も出てきた。左のポケットを指先で探ると、やはり一枚の紙片を感じてタクシーか呑み屋のレシートだろうと取り出してみると、石板画のタッチの古臭い絵が眼に入った。

「……何だ?」

女も俺の手元の紙を見て、眉を上げてきた。

「……摩虎羅……MAGORA……? なんで、こんなもんが入ってんだろう……」

アルファベット文字に蕁麻《いらくさ》のような棘がついていて、その下に憤怒の相をした甲冑姿の神像が琵琶に似た楽器を持っている絵がプリントされていた。MAGORA……

まったく覚えがない。いつこんな紙片をポケットに入れたのだろう。紙には、時間と電話番号が付記されているだけで、何か若者達のライブかパーティの案内チラシのように見える。

ふと渋谷センター街あたりの雑踏が思い出されて、道玄坂のひっそりとしたクラシック喫茶の薄暗がりが過ぎり、新潟の雪景色の一点になっていた幼時の自分が戻ってくる。

「……どうしたの……？」

亀ヶ谷にいようが、化粧坂にいようが、渋谷にいようが、何処かで新潟の茫漠とした雪景色が眠っている。たぶん、俺は故郷にいたとしても同じようにその雪景色を思ったりして、つまりは、雪で雪を見ようとしているのだろうか、と同語反復のような、何処か際限がなく宇宙の果てでも想像するような狂いに近い所が恋しいのか、とも考える。雪は雪に似ているから、雪になり、雪は初めて雪になる……とでも？

春の亀ヶ谷のあばら家でまた白い息でも吐き出すだろうかと思った時、「マゴラ……マゴラ……」と呟いていたヒップホップ風の黒人が、渋谷の人混みに紛れながら、チラシを配っていた姿が蘇った。褐色の手の甲に比して異様なほど白っぽかった掌が、エロチックでもあり、グロテスクでもあった。彼が配っていたチラシだ。

「摩虎羅っていうのは……琵琶なんか持っていたっけ……」

「え？」と小さな声が女の口から漏れたが、「知らないです、そんなこと……」とかすかに険の籠もったような声音があった。

「ほら、それよりも、服を脱いでください。洗います……」

チノパンツに通していたベルトのバックルに伸ばしてきた女の手を、俺は反射的に軽く払う。女の華奢《きやしや》な手が一瞬宙に強張ってから、静かに膝の上の丸められたトレーナーに下りた。そして、俯いたまま毛玉のような繊維を一つ二つ摘むと、じっと動かなくなる。

「……摩虎羅というのは……十二神将だろう……？」

まったく意味のないことを自分は口にしている。チラシにある摩虎羅が何だろうとどうでもいい話だ。

「……薬師如来の眷属《けんぞく》……十二夜叉の一つ……だったはずだ……」

数年前に作品の取材で奈良にいった時、新薬師寺で見ている。業界紙だったか新聞社だったか、中途採用されたばかりのまだ若い女性編集者が同行して、奈良町の古い季節料理屋で飲んでいるうちに妙なことにもなった。もちろん、そんな取るに足らぬ話を女が知るわけもないが、何か無性に苛立ちの粒が腹の底で躍り始めて、あえて女性の影をにおわせたいような意地の悪さが首をもたげてくる。

「取材で、奈良の、新薬師寺で見たことがある……。摩虎羅像は、確か、斧のようなものを持っていたから……これは……八部衆の摩睺羅伽《まごらか》だろう。音楽神……」

八部衆の方は興福寺で見ている。武家不入《ふにゅう》の地といわれるスポットに、鎌倉の無粋な男がきてしまった、と下らない冗談までその女性編集者にいったのも思い出した。摩睺羅伽は腹這いで動く大蛇の化身……ベッドシーツを乱すようにして、大蛇の真似をして見せたのは誰だったか。昔のこととはいえ下卑た恥ずかしさに首の辺りが熱くなって、手にしていたチラシを思い切り丸めて、押入れの戸に投げつけてしまった。女がかすかに体を強張らせる。俺は一体、何に苛立っているんだ？　分からない。……分からない。分からない……。

「……ごめんな……」

そう声を落とすと、座っている女の横でベルトを外し、無雑作にチノパンツを脱いだ。泥の汚れだけではなくて、朽ちて腐葉土のようになった枯葉の片鱗がいくつもへばりついている。汚れを内側に折り込んで丸めると、そのまま畳の上に落とした。

靴下と下着姿の無様さのまま、しばらく無言に縛りつけられて動けないでいたが、土蜘蛛の控えているだろう浴室に向かおうとした時、女の手が動いてさまようように伸びてきた。細い手首の腱の硬さが影を作る。やはり顔を上げないままに、右手は俺の左脚の膕《ひかがみ》に、左手は右脚の腿の上に置いて、エナメルの爪を食い込ませるかと思った。障子戸の影が動いて、竹葉のナイフが屹《そばだ》ったかと思うと、斜めに一斉に降り始めて、ガラス窓を叩いて乾いた音を立てる。

「……」

女の爪は立たない。障子に映った刃の屹ちの群れが降り注ぐ。と、ゆっくりと女の頭が傾いてきて、額を柔らかく俺の下腹部に寄りかけてきた。何をしている……と思っているうちにも、女のジャケットの肩が震え始めて、息の途切れに合わせて髪や肩が小さく痙攣する。そして、わずかに脚を摑んだ爪に力が籠もった。太腿に湿った吐息を感じながら女の旋毛を見つめているうちに、下着越しにも泣き孕む熱が沁みてくる。

小さく洟《はな》を啜っていたかのような呼吸が、やがて声になり、嗚咽《おえつ》に変わる。一体、何が理由で泣いているのか、俺には分からない。分かるとすれば、すべてが理由となって泣いているのだと思う。だが、こんな五〇男の乱雑に毛の生えた脚にしがみつくなんて、おまえが無様《ぶざま》になる。やめろ、やめてくれ、と念じながらただ黙って女の震える頭を見つめていたが、その髪や細い肩にしがみついているのは自分ではないのかとも思う。

　こちらも理由などないけれど、おずおずと手を伸ばしてみて、化粧坂で汚れた掌に気づいて手を止める。いつのまにか姿を消した黒揚羽の頼りない羽ばたきの軌跡が、頭の中を一瞬柔らかく掻き混ぜる。坂で滑り転んでいる時間がいまだスローモーションの中にあって、虹色の鱗粉を浴びつつ、亀ヶ谷のあばら家にいる自分の手が泥で汚れているだろうという想像をしながら転倒しているのではないか。そんなことを過ぎらせて、ああ、またデジャ・ヴュに逃げているとも思うのだ。そして、そう考えることさえも今まさに首実検の坂で転びながら脳裏に瞬かせているということもありうるだろう。

　延々と続く時制の入れ子が化粧坂のカーブに辿り着きそうになって、俺は瞬間首を刎《は》ねられて目を覚ます。泥で薄汚れた手が、女の頭の上にうろついているのを、俺は逡巡しつつ掌を返して無骨な指の背で女の髪に触れた。滑るような柔らかな髪の下の頭蓋の丸みがいやにくっきりとして、小さな幼子のようだ。何か心細くなって、ふと眼を逸《そ》らすと、皺の寄ったスカートの端から黒いストッキング越しに爪先が覗いていた。萎縮したような小指の丸みやほっそりした足幅の狭さが、女自身からも忘れ去られたもののように見える。

「……どうしたんだよ……」

女は俺の下腹部に顔を擦りつけて、頭を横に振るだけだ。体は冷たく凝るようなのに、顔だけ熱いくらいに泣き腫らしているのか、ふと彼女が顔を上げたら、見たこともない童女のようになっているのを想像する。

もう泣くなよ……。

そう口にしようとし、だが、胸中に浮かんだ言葉が妙に勝手で無意味な気がしてきて、ただ黙ったままでいた。

もう泣くな……誰がそんなことを決められるというのだ？　泣くのをやめる必要もない。やめて、おとなしくなって、笑って、それでどうなる？　くだらな過ぎる。茫々とした景色の中で、茫々としたままでいて、何が悪い、というものだ。自分も訳もなく苛立って、不意に殺意にも似たものがせり上がってくることがあるけれど、女にとっては殺意などという単純なものではなく、もっと朦朧と絡み合って訳分からぬものの表われが、泣くということなのかも知れない。すべてが泣く理由となって泣いている女には、ひょっとして彼女自身さえ見えていないということもありうるだろう。

八幡宮の北東にある永福寺跡のような薄《すすき》の原が見えてきて、銀色の穂群が乱れた風に靡いて波立つ。ざわざわと荒れ果て、寂びた薄の原に、何事のドラマがあるというのだ。凪いですべての穂群が陽光を孕んでいるのを見ては、穏やかなどといい、野分が吹いて波が立つのを前にしては、禍々《まがまが》しい想いに捕らわれている。そんなふうに感じる方が、よほどに俗に踊らされている。薄の穂自体はただ凪に任せているだけの虚ろな強《したた》かさがあるじゃないか……。

女の頭に手を添えながら、腹の底で独り唸るように想いを畳み掛けているうちに、むしろ自分の方が息が乱れていたのかも知れない。ようやく、頭が訥々と無言の言葉を発するように上がったが、それでも顔は見せない。

「……ごめんなさい……」

湿った感じと断ち切るような諦めの滲んだ一言が、俯いた顔の下で呟かれた。

いや、いいよ……、と答えようとして、やはり、自分の中の何処にそんなことを発する根拠があるのかとも思う。女の泣いている理由さえ分からず、いや、分かっていたにしても分からない振りを決め込んでいる男に、大体の見切りがついてきて、「ごめんなさい」と呟くたびに、その切り口が女の身に近づいていくのだろう。後頭部や両肩の線の硬さに、ただ女の髪を小鳥でも撫でるように指の背で触ることしかできない。

障子戸にまた竹葉の群が揺らめいたが、いつのまにかそれぞれの影が大きく伸び、ふくらんで、輪郭もぼんやりと滲んでいた。ダガーナイフの刃のようにも、楔形に爆《は》ぜる稚魚の群にも見えず、むしろ、茜色を映している障子紙の、影ではない地の部分の方が模様のように動いている。次々に押し寄せる波打ち際の泡立ちの舌が、濡れた砂を舐めては引いていく。

由比ガ浜だろうか、五十嵐浜だろうか、とぼんやりと波の繰り返しを追っていると、いきなり、ドアを軽くノックする音が聞こえてきた。女の伏せていた顔も反射的に少し上がる。耳をそばだてると、また乾いたノックが聞こえ、「寒河江……寒河江……」というくぐもった声がかすかに届く。

誰の声かよく聞き分けられないが、たぶん、樫村や高安か、「椿」の仲間が妙本寺近くの藪蕎麦屋で一杯やった帰りなのだろう。俺も女も身動きもせず、ただ髪の上の指だけを静かに往復させながら、息を潜める。

「サガ……」

途切れたように声の尻尾が薄くなり、ドアのノブに手をかけた気配があった。俺は鍵をかけただろうか……。眼の端だけで狭い玄関の暗がりを見やっていると、気配はあるもののドアは開かれないままだ。息を凝らしてじっとしているうちに、外の声もほどなく静かになった。崩れそうな板塀の戸を閉める音すらなくて、よほど朽ちた戸の状態を気にして慎重に閉じたに違いない。

しばらく女の髪を撫でるようにしていて、障子に映る細い波の舌の繰り返しを見つめている。夕日を映した波が薄く寄せては、泡立ちの紋を見せながら黒く濡れた砂に吸い込まれていく。その上にまた波の幕が覆って、刀の錵《にえ》のようにも、においのようにも見える蛇行する筋が光った。波が引くたびに光を反射する砂鉄混じりの濡れた砂には、夥しい数の菱形の模様が水に抗って浮き上がり、所々に貝殻の破片や粒のような小石や微細な虫がとぼけた感じで粘って、砂にしがみついている。そんな所に幼い素足を踏み入れると、想像以上に硬く冷たい砂があって一瞬きょとんとしているうちにも、波が寄せて足首を舐めれば、足の裏の砂をじわじわと掬って甘美な苦しさに悶えたくなるのだ。

「あッ……」

波のざわめきの中で突っ立っていると、オレンジ色の波紋を上るように尾鰭を振る影が見えて、魚だ、真鯉だ、と思った。いや、違う。今度は吉沢朋子の見たものでもない。ましてや、「ごめんなさい……」と呟く女が抱えている夢でもない。尾鰭を振って体をくねらせ、波に押し戻されたかと思うと、胴がふくらみ、反転するようにまた波へと乗る。はためき、舞い、揺れて、のぼる……。尾鰭が二つに分かれて、燕のように翻る。黒い砂の影に融けて、消え、一瞬のうちに巨大な蝙蝠《こうもり》になって、波に飛び込む……。

だが……やはり……違うのだ。障子戸に映る影は、波でも竹の葉でも魚でもない。燕でも蝙蝠でも女の夢でも、そして、黒揚羽、でもない。

名指しえぬ……名指し、えない……。

俺は女からおもむろに離れると、影の映る障子戸を開けた。


大きさの違う八つの単眼。

黒曜石を丁寧に研磨した宝石のような粒は、何を見ているのか。むしろ、嗅いでいるとも、聴いているともいっていいのかも知れないが。

熱や湿度を持った息をかけないように凝視していて、浴室に現れた八つの男の影の結ぼれを想像してみると、頭の奥が何かむず痒くなり、また胸の奥ではハラハラと奇妙な焦りを覚える。

障子戸のむこうにあった風景が、俺には一瞬訳が分からず、竹林が竹林であるにもかかわらずいつもの枝雲寺の塔頭の竹林とは違う、ただの真っ只中そのものを呆然と見ている感じで、剝かれたような吐き気というのか、そんな気持ち悪さを覚えながら鮮烈な竹の群に思わず尻餅をついてしまったのだ。汚れたジャケットを羽織り、下はボクサーパンツにソックスという不恰好な男が、さらに動転したように腰を落としたのだから、泣いていた女も呆気に取られたに違いない。

浴室の壁にへばりつき、じっと機を窺っている土蜘蛛からしたら当たり前な風景としてあるものだろう。焦点から漏れる像や、ぶれる像の他に、まったく人の双眼では見えないものを見ている。可視光ではない紫外線を見ることができると、何かの本で読んだことがあるが、想像もつかない。生体や幽体のオーラを写すキルリアン写真というのだったか、虹色の光彩が広がるのを思い描いてもみるが漠然とする。褐色の胸部から伸びた八本の長い歩脚や、繊毛に覆われたゴルフボールのような腹部さえ、その精巧な黒いレンズのためだけにあるようにも思えてくるのだ。

「おまえは……しかし……雌、ということも、考えられるな……」

いつのまにか土蜘蛛の大きさやグロテスクな姿に、雄だとばかり単純に思い込んでいたが、むしろ、蜘蛛は雌の方が体長があるのだ。八つの眼の並びの下に、毛蟹の脚のような鋏角《きょうかく》が控えているが、今は固まったように動かない。

「……どんな夢を見ている……？」

ふと性の違いが掠《かす》めると、自分の生活の何にも邪魔をせず、湿った壁の同じ位置にしかへばりつかない習性が、妙にしおらしく健気に思えたり、逆に、いつか機を狙い、自分の腹の中の内臓をすべて食い尽くしてしまうような怨の据《す》わりにも思えた。

「人だった頃の……夢でも見るのか……」

俺がわずかに頭を動かすと、八つの黒曜石の球に映った影がそれぞれ微妙にずれて動く。八面鏡なるものがあればの話だが、俺の像はそんな諧調《かいちょう》を描いて動くのだろう。じっと、八眼を見つめていて、そのうちの一つだけでも俺にあったら、途方もない言葉が生まれるのだろうか。愛染明王や不空羂索観音《ふくうけんじゃくかんのん》のように、額にもう一つ眼のある三目になるだけでも、まったく違う世界を見るのだろうが、それが果たしていいのかどうかは分からない。もう一つ見え方が加わるということは、言葉がさらに増えることになり、俺は庭の竹を竹などといっていないだろう。人間の病は恐ろしい。際限がない。それともやはり俺の持つ言葉自体は変らず、どんなにあばら家の庭が竹や雑草や魚影や黒揚羽や幽霊や波で錯乱して溶け合っていても、それぞれ竹だの藪柑子《やぶこうじ》だの半夏生《はんげしょう》だのといっているのだろうか……。

女はあれから少しは落ち着いて帰っていったが、蜘蛛のいる薄暗い浴室でチノパンツを洗うのは怖いといって、洗面台のシンクに溜めた洗剤に浸け置いたままにしていた。俺が洗うからと断ったからだが、そんなことをチマチマとさせる申し訳なさと同時に、所帯臭さに甘んじる素振りのようなものを拒む自分を、すでに女が察している気がした。彼女にはまったくそんな幼い素振りなどする気もないだろうし、また自分にもそんな過敏さなどまるでなかったのに、勝手に二人の間の空気がそうさせた。

「……こうして、虚空に糸が巻かれて……形になっていくってか？」

息がかかったかと思ったが、土蜘蛛は脚も鋏角もびくともさせず、じっと八つの眼球を宙空に澄ましている。気づかぬうちに、主ともいえる土蜘蛛は人の眼に見えない糸を至る所に放射していて、あばら家の住人の体にもかなりの量を巻きつけているということもあるかも知れない。女の他意のない返事にいきなり不機嫌になるような癇《かん》癪《しゃく》は、何処を銀色の粘った何重もの糸で覆われて、また、すでにゆがんで錘《つむ》のようになっている何処を破られれば起きるのか。八つの眼から見た部屋の中は、凄まじいくらいの傷が光って煙っているのだ。

いつ巨大化して背中に襲いかかってくるかも知れないが、壁の土蜘蛛からゆっくりと視線を外して振り返った。洗面台のシンクに浸かったチノパンツは、くたくたになった干瓢《かんぴょう》のようにも、蟹の内臓を空けたようにも見えて、情けないほど永久にそのまま放置されるのが似合っている。だが、白熱灯のついた部屋の方を見ると、文机《ふづくえ》の前にある座布団の上には、俺のトレーナーが几帳面に見事なほどの矩形に畳まれているのが見えた。

「なんで……あんなにまでな……」

浴室で鈍い声を零してみたのは、怖気《おじけ》からでもある。姿は見えなかったにしても独り部屋にいた女の気配をじっと守っていた土蜘蛛の時間に対して、気後れのようなものを覚える。自分が化粧坂をさまよっている時に、女は脱ぎっ放しにしていた俺のトレーナーに触れていたのだろう。膝の上にバツ悪く丸めていたが、そんな女の溜め込んでいるにおいや熱を、壁に広げた八脚が敏感に掬い取っていたに違いない。

顔を壁に戻すと、鎌に似た鋏角と右の触肢の先をわずかに構えるように縮こめた。八つの単眼は相変わらず浴室の暗い蛍光灯に濡れたように光っている。浴槽に湯を溜めようとして浴室にきたはいいが、土蜘蛛をまだ天井の玄牝の門に戻すのも悪い気がして蛇口にも手を伸ばしていない。その間にも、主は見えない糸を出し続けて、銀色の洞や道や錘などを作っている。

湿気でたわんだ天井板を見上げ、角の穴に視線をやる。じっと見据えているうちに、穴奥の闇の質と同じものを何処かで見たことがあるような気がして、また頭の芯がむず痒くなった。額の間にあった土蜘蛛の単眼のようなものを遥か昔に喪って、幻肢症ならぬ幻視を覚えて疼いているわけでもあるまい。

化粧坂で何か不吉なものでも引きずってきたのだろうか、いやに自分との間に距離があって、錘の繭に包まれた虚空の自分が空っぽの中から記憶を手繰り寄せようとしている。

「みんな、おまえのせいだ……」と、天井の隅から壁の土蜘蛛に視線を戻そうとした時、思い出した。

なんだ、このあばら家の玄関横の、井戸じゃないか。

コンクリートの蓋と井戸との隙間……。隙間の奥の暗がりなど何処でも同じだと思いながらも、ふと天井隅の穴と井戸の隙間が通じ合っている気がして、一瞬ほの暗い眩暈《めまい》がきた。土蜘蛛がゆっくり壁を伝い上がって穴に入り込んだら、井戸の隙間から土蜘蛛が顔を出す。人はそれを見て、飯酒盃さんだの、拒食症の女の生まれ変わりだのというに違いないが、井戸の隙間から漏れてくる生臭い風を発していたのは、この俺だ。くだらない妄想か。井戸の隙間を出た土蜘蛛は一心に糸を出して、あばら家や竹林などの風景を作り上げ、その中に住んでいる俺が、浴室の穴を見つめて天井裏にある数多くの死体を想像している。

女も土蜘蛛が銀糸で編み出した者となる。俺のトレーナーを肩にかけるか、着るかして、井戸の隙間を覗き込みながら、下の黒い水溜りに浮かぶ俺の燻《くすぶ》った姿を発見し、涙を落とすか。唾を落とすか。その同じ時、俺は化粧坂で脚を滑らせ、後頭部を岩に打ちつけ、それっきりになっているということもありうるじゃないか。

「……在原寺《ありわらでら》を、訪れた僧が……、おまえだ、な……」

紀有常《きのありつね》の娘が身につけた初冠《ういこうぶり》と長絹《ちょうけん》が、煙草くさいヨレヨレのトレーナーでは申し訳ないけれど、水鏡に女と男の霊を揺らしてみせる世阿弥という能作者の妄想が、あばら家の井戸の黒い水面に漣を立てる。

鎌倉宮で行われた薪能《たきぎのう》も数回しか見ていない無知者が……と、自身を嘲笑したくなって壁の僧を見ると、いきなり八脚を縮こませるようにして身構えた。棘に覆われた鋏角もしきりに動かしている。一体何だと、こちらも思わず身構えた時、奥の部屋からマナーモードにしていた携帯電話の振動する音が聞こえてきた。

「……恐ろしい、耳だな……」

いや、霊の声が聞けるワキだからな、と思いながら屈めた腰を伸ばすと、ふわりと全身を鳥肌が覆う。

「おい……飯酒盃さんからじゃないよな……？」

そうひとりごちた時に、もう一枚鳥肌の幕をまとった。急いで薄暗い浴室を出て、奥の部屋で青白く点滅している携帯電話に手を伸ばす。液晶表示には、「イサハイ」

ではなく、「セギ」と出ていた。

「ああ、すみません、寒河江さん。お仕事中でしたか、それともお食事中……」

よほど携帯電話は長い間呼び出していたのだろうか。若い編集者の声の背後で、雑に入り乱れた空気の音に混じって男達の出し抜けに上げるダミ声や、トラックがバックするシグナル音が驚くほどよく聞こえる。

「今、アキバの呑み屋街にいるんですけど……」

瀬木のつんのめるような声が荒い息と一緒になって耳を擦る。突然、亀ヶ谷のあばら家に闖入《ちんにゅう》してきた秋葉原駅周辺の雑踏に、腹の中を荒っぽく掻き混ぜられる。建ち並ぶ電気店の狂乱したような電飾や路上に立ってパフォーマンスをする若者の、ピンク色のアフロウィッグが過ぎったりもした。

「アキバ？　……そうか。もう呑んでるのか、瀬木君」

「今、ルカーチについてのシンポジウムが終わって、その流れで……」

ルカーチ？　ハンガリーの哲学者ルカーチ・ジェルジのことだろうか？　俺は一度も読んだことがない。秋葉原駅の山手線ホームから流れる発車合図の旋律が、ドップラー効果のような波を打って聞こえてくる。

「その会場に……あ、イベントスペースがあるんですけど、そこにツンデレ系喫茶の子とかゴスロリの子とかきて、真面目な顔して聴いているんですよ」

文机の上から煙草のパッケージを取って、片手で不器用に蓋を開けた。頼りなく軽い箱には、やはり一本しか残っていなかったが、摘んだ煙草にくっついてくるようなパッケージを振るようにして取り出す。

「ああ、これって何だろうなって思って、資本主義の飽和を身にまとっているような若い女の子達が、資本主義の破綻のむこうに飢えている感じで、だからゲバラとか……」

瀬木の縺《もつ》れるように話す口調が、秋葉原の街を走る民主党の宣伝カーの音で遮られる。火をつけた煙草がゆっくりと煙を上げて、白熱灯の明かりに柔らかく燻るのを追っている間も、瀬木は情報資本主義の話を早口に喋り続けている。少し酒が入ってリラックスしていても、あの初心な感じだが挑戦的な眼差しや不遜な唇が小さく痙攣して、軽い興奮状態にあるのだろう。喫茶店のテーブルに前屈みになって話す瀬木の姿が浮かんで、思わずこちらも唇の片端が上がる。

「で、やっぱり、寒河江さんには……」

今度は遠くで聞こえていた右翼の街宣車が近づいてきて、大音量で軍歌調の音楽を流し、瀬木の声を押し潰す。いざゆけーッ、つわものーッ、日本男児ー。歌に重なって、「希望」という瀬木の声が聞こえた気がするが、俺は聞き返さなかった。

「若い読者達は、今、けっこう意識、高いですよ、寒河江さん」

鼻から煙草の煙を押し出しながら、文机のパソコンの横に置きっ放しになった皺くちゃの紙片に視線をやる。女が帰ってから、丸めて襖《ふすま》にぶつけたチラシをもう一度意味もなく開いて伸べたものだ。大振りの琵琶を抱えた鬼神は、筋肉質の体軀に天衣をマフラーのように肩にかけ、頭光の三方に生き物のような火焔光を背負っている。

「瀬木君……世阿弥って、どう思う？」

「え？」と、きょとんとする沈黙が一瞬あった。街宣車の軍歌が遠ざかっていく。

「ゼアミって、能のですか？　パフォーマンスの革命家としてのゼアミですか？」

吸っていた煙草を灰皿に押しつけると、浴室の方を静かに振り返った。座っている場所からは蜘蛛は見えないが、コンクリートの壁は薄暗い蛍光灯の光にねっとりと照らされ、油粘土のように見える。

「ユングってのは……能を観ているだろうね、間違いなく」

「え、ユングって、心理学者のですか？　でも、フロイトと同じでもう無効でしょう」

無効、ねえ。だが、自分には、若い編集者が熱を上げている希望というやつも革命というやつも、幽霊のように思える。また煙草を吸おうとしてパッケージを摑んだが、空に気づいて手の中で握り潰した。何処かにもう一箱あるはずだが……。携帯電話の奥で、「長ーいよ、セギちゃんー」という若い女の子の嬌声《きょうせい》が聞こえてきて、苦笑する。

家電量販店の蕩尽《とうじん》するようなネオンやイルミネーションの眩しさが無秩序に明滅して、アスファルトを青や赤色の光で染めているのが目に浮かぶ。瀬木達が呑んでいるのは、どの辺りなのだろう。不要になったダイオードやコンデンサなどのジャンクだけをぐちゃぐちゃに段ボール箱に入れて売っている店があるかと思えば、コイン・切手を扱った小さな構えの古いホビーショップもある。ガード下の居酒屋がぶらさげたいくつもの赤提灯や、マッサージ店の簡素な看板やゲーム機器の派手なポスターを想像しているうち、四畳半の畳の擦り切れた目に焦点が戻ってきて、やおら立ち上がると、鴨居にかけていた別のジャケットのポケットを探った。またコンビニのレシートの類《たぐい》やくたびれた紙マッチが出てくるだけだ。

「とにかく、是非お願いしたいと思っております」

電話はそこで切れて、瀬木の小さな興奮は秋葉原の呑み屋に戻っていったようだ。耳の穴に白っぽい熱が残るのを覚えながら、文机の上や鞄の中を探ってみる。首を突き出し、前屈みになって煙草を探している自分の姿が、妙に年寄りじみていて乾いた笑いが込み上げてくるが、まだ二〇代の瀬木の先走ったような声音に、応えようとも無関心でいようとも思わないままにやり過ごせる自分がぽつねんといる。

「……ルカーチも何だが……ユングってのも何だ……」

そう声を漏らすと、無性におかしくなってきて腹の底板が痙攣するのを感じた。独りで口元をゆがめ、噴き出しそうになる笑いを堪えていたが、一旦一息が零れると、声にはならない笑いが次から次へ吃音のように出てくる。口角を大きく開き、眉間に皺を強く刻み込んで、それこそ能面の獅子口《ししぐち》のようなツラで腹を抱えた。人が見れば の話だが、とうとう寒河江も狂ったかと思うに違いなく、またそれがおかしくて笑いに笑いが被さってくる。そんな自分の笑い方に、話もしたことのない他人の顔が重なってきて、「ああ、こんな感じで……」と納得してもいるのだ。

その想い起こしている笑いというのが、まだ自分が学生時代の話だから三〇年も前のことであるのに、頻繁《ひんぱん》に脳裏を過ぎる。自分が通っていた阿佐ヶ谷の銭湯にいつもいた男で、古希くらいだったろうか、白髪をオールバックにした端正で年輪の刻みの入った面立ちゆえに、その全裸がやけに青白く若く見える老人だった。

湯船に浸かって何気なく視線を遊ばせていると、必ずその老人の俯く横顔に目がいってしまう。年季が入って色の悪い古漬の長茄子をぶら下げて、男はカランを押しつつ声も出さずに必ず激しく笑っていたからだ。その笑いというのが、単なる思い出し笑いの類を超えていて、満面を幾重もの皺だらけにし、口の端を押し開いて目頭に浮いた涙まで手の甲で拭うほどだった。いつ出会っても、見れば必ず怒りのように笑いの息を落とし続けている老人の脳裏に、何が展開しているのか。七〇歳くらいの顔がさらに皺ばんでいるのに、裸だけが嫌に若く、そのバランスの悪さがまた奇異だった。まだそれでも全裸であったことが逆に救いなのかも知れず、服でも着ていたらよけいに危うい感じにでもなっていたのだろう。

昔見た老人の笑いを、「ああ、こんな感じで……」と重ねている自分も相当におかしいのだろうが、今になって思えば、老人の笑いの背景に何か理由があったという話ではなく、あまりに老人が独りであったということが、笑いを恐ろしいものにしていたのだろう。

「なあ、瀬木君……。そういう笑いもあるんだよな……」

何処を探しても買い置きの煙草はなく、灰皿のしけもくに手を伸ばそうとして、止める。すでに夜ということもあり、亀ヶ谷のあばら家から鎌倉駅近くのコンビニエンスストアまでの距離を考えると億劫にもなるが、執筆が滞る。中毒というのがあるにしても、煙草などという惰性で吸うものが、作品の良し悪しをどれだけ左右するというのだろう。書いている時間よりも、虚ろな煙をぼんやり眺めている方が遥かに長い自分が、ちゃんちゃらおかしい気分になって、今度は唾棄するような笑いが突発的に漏れた。

だが、今は獅子口などという凶暴なものよりも、女面《おんなめん》の般若《はんにゃ》のようなツラなのではないかと思ったりする。眉間に込めた力が額に引き攣《つ》れたような皺を寄せ、吊り上がって見開いた眼には金泥《きんでい》、耳まで裂けた口角が涎《よだれ》の糸を引いている。そして、剝いた牙越しに漏れるのは、自嘲の笑いなのだ。般若の情だという憤怒も憎悪も、脂汗のように滲み出てくることもあるだろうが、嫉妬となれば、自分の場合は、ただそこにあるものの静けさに対してとなるだろう。どうやっても、葉っぱ一枚の沈黙にさえかなわない。

蛇の目の光が、よけい闇の濃さを引きつけてくる。

あばら家の電灯という電灯をすべて消して、ペンライト片手に戸口を出たと同時に、ほとんど何も見えないほどの闇が包む。鎌倉の谷戸のさらに奥ともなれば、水銀灯などもほとんど立っていなくて、夜道を歩く者は皆、懐中電灯を持つか、なければ携帯電話のカメラ用ライトでしのがなければ普通の足取りではまず歩けない。

　ドアの前で足元に光を落とすと、ボケた蛇の目の光が黒い地面にふくらんだ。嫌でも右に井戸を覆ったコンクリートの蓋がほの白く見える。それが確実に見えるというよりも気配としてあるというのが、怖気づかせる。あえてライトを向けて照らすと、偶然に山の中で発見した石棺のようにも見えるのだ。

　蓋と井戸の間の裂け目が底知れず黒く、形の鋭利なただの黒という色としてあるような奇妙な錯覚が起きて、細い黒ビニールテープでも貼ってあったかとペンライトを近づければ、裂け目の影が傾いて奈落の口だと知る。その奥行きがまったく想像できないものだから、闇の壺中天《こちゅうてん》とでも思いたくなる。飯酒盃さんや拒食症の女が細い靄のようになって現れるのではないかとか、浴室の天井を上った土蜘蛛が触肢の先を今にも覗かせるのではないかと想像するだけで、闇にメリメリとこちらの皮膚を剝がされそうになるが、そういう時はむしろ背後に何かが控えているものだ。

　若女の面ではなく般若の面をつけた女が、俺のくたびれたトレーナーを肩にかけて突っ立っている。いや、誰であれ直面《ひためん》で佇まれる方がよほど怖いに違いない。一瞬、渋谷の百軒店《ひゃつけんだな》の稲荷神社で感じた気配が蘇ってきて、振り切るようにわざと竹林の方にペンライトの光を投げてみる。一斉に闇の中で艶消しの肌理《きめ》が細くそそり立って、潜んでいた息の形を露わにした。二重三重の光の輪が巨大になりそれぞれの竹の幹の奥行きに届いて、分解されるものもあれば、さらに奥の闇に吸い込まれるものもある。竹の影が竹を斬り、錯綜した線分の反射がそれでも安心させる。

夕刻に障子戸を開けて見た時の、竹林は何だったのだろう。見慣れた風景であるのに、竹の一本一本が生まれたてのように峻厳《しゅんげん》に屹立し、突き刺さってきた。眼とも体ともいえない自分の全体に、竹林のすべてが飛び込んできて、声を失わせたのだ。それほど鋭利で凍ったように竹や葉群や落葉が、一瞬のうちに斬り込んできたというのに、透過するような柔らかさで受け止められてもいた。竹の中に俺が隠れたのか、俺の中に竹が隠れたのか、分からないが、風景との浸透圧がイコールになったとでもいえばいいのか、俺はそこで不恰好にも尻餅をついて、化粧坂でぶつけた腰の痛みに悲鳴を上げて、またいつもの竹林の風景を改めて見たのだ。

夕刻の竹林に比べたら、ペンライトに照らし出された幻想的とも幽冥《ゆうめい》とも見える闇の風景が、逆に出来過ぎて俗っぽくも思える。だが、その竹の幹のまた奥に控えた闇の果てに眼を凝らしてみると、これは想い及ばぬ方がいいのだろうと、あっさりと蛇の目の光を滑らせて、朽ちた板塀に当てた。

「……うーうー……うー……」

低い声で自ら唸ってみたのは、言葉にすると妙に怖ろしくなる気がしたからで、俺は井戸の脇を慎重に通り、木戸の棕櫚紐に指をかけた。「一体、いつの時代の闇だよ」と口にしたかったのだが、まさに一寸先も見えないような闇の虚空に言葉が吸い込まれる具合を予想すると、天地の分からなくなった奈落に落ちてしまう感じだ。

またペンライトを口にくわえて、紐を外し、木戸が崩れ落ちないように静かに開けては閉める。後は上の出っ張りに紐をかければいいのだが、ちょっと前に紐を凸部に括《くく》ったと同時に、向こう側から白い指が現われて、自分の指をペロリと舐めるように重ねてきたことがあった。単なる錯覚でも、飯酒盃さんの悪戯でも、どちらでもいい。不可思議なことなど、鎌倉のしかも廃寺の塔頭ではよくあることなのだと、もう当たり前のように考える回路ができてしまっていたけれど、いちいち気にも留めないということが、そのオカルト的な回路をさらに太くスムースにしているようにも思える。

片や秋葉原の乱れた電飾の中で賑やかな酒を呑んでいるというのに、片や漆黒の谷戸の底で夜露に濡れた土のにおいを嗅いでいる。二〇代の若い編集者は「希望」を語り、五〇歳の男は買い置きのなくなった煙草を求めにいくのだ。

空っぽの胃を搾って嘔吐するような音が、源氏山の方から聞こえてくるが、たぶん、ハクビシンかアライグマだろう。耳をさらに澄ますと、闇の肉がふくらんで圧迫するように包み込んでくる。露を含んだ夜の草藪《くさやぶ》がしんなりと寝入るような息遣いをさせ、湧水が切通の岩壁の起伏に染み入る音を立てている。要するに、静か、なのだ。暗闇で何も見えないに等しいのに、耳鳴りのようなかすかな音が、様々な輪郭を浮かび上がらせる。

自分のゆっくりと歩く足取りの音に混じって、後ろから同じ調子でついてくる者の衣擦れ。すでに人の輪郭を想像しながら、直面でくるのか般若の面でくるのか、と目の端で牽制しながら耳を欹《そばだ》てると、自分自身の服の音であったりする。闇の中にわだかまるさらに闇の塊には、誰かがうずくまって背中を丸めているし、視野の斜め上で揺れるやけに細長い蓑虫は、首を吊った者でもある。ペンライトの光を照射すれば済む話だが、もしも、などと臆する気持ちが足元の地面から蛇の目の光を離させない。苔生《む》した丸い岩であることも、藤蔓が絡まり合ってぶら下がっている影であることも分かっているが、むしろ丸い岩であることや藤蔓の絡まりであること自体が、自分の錯覚かも知れないではないか。そう思えるほどに、静か過ぎて暗過ぎるのだ。

「……ははぁ……これは……あれだ……」

闇の遥か先に伸びてしまった俺が、意味もなく呟いている。

「……あれ、らろう……」

遠くの闇からのひっそりとした自分の声音が、何か幼い頃の呟きに似ているようで、気持ちの萎えというのか、気色悪さに寒気を覚えもする。真っ暗闇に自らの歳まで錯覚を起こしてしまったか、と思いながらも、夜の海で泳いだ時の恐怖を思い出した。まだ中学に上がる前のことだったと思うが、独りで気紛れに少し沖の方まで泳いで、夜の凪《な》いだ海に仰向けに浮かんだ時のことだ。夜の八時過ぎくらいだったから、星は出ていたにしても空も海も暗くて、水面の境目というやつが分からない。その感覚が幼い自分には気持ち良かったには違いないのだが、ふと、「これは……あれらろう……」と意味不明な、想像するための空のポケットを作って、その中に入り込んでくるものを待ってしまったのだ。独りでいることの危なさであろう。今浮いている自分の下は、ひょっとしてとてつもない海溝のような深さではないのかという想像が、空のポケットに滑り込んできた。

「深《ふ》っけろ、深っけろ……」

もちろん、嘘だと分かっている。せいぜいが三メートルくらいの水深だったろう。だが、冗談のように「深っけろ、深っけろ……」と呟いていたら、次の瞬間、いきなりパニックになりそうになったのだ。「これは……あれらろう……」と妙な囁きを漏らし、そう思うこと自体を遊ぼうとしていたのに、逆に幼い自分は捕まってしまった。

手足が緊張する。慌てて体を水中で起こして、ばたつかせる。いつものように烏賊釣《いかつり》漁船のアーク灯の瞬きが、黒い水平線を縫っている。筋肉が硬くなる。思うように動かない手足がさらに恐慌をきたして、闇の中の水面が何処にあるのか分からなくなる。必死に飛沫を上げ、クロールなのかバタフライなのか分からない泳ぎで水の中で暴れ、潮水をしたたかに飲む。星。アーク灯。黒い岸。水。……溺、れる。と、思った時に爪先が水底の冷たい砂に触れた。浮いているうちにいつのまにか沖から岸の方に流されてきていたらしく、背の立つ自分にきょとんとして、そして、さらに恐怖が押し寄せてきたのだ。あの当時は言葉になどできなかったが、もちろん、自分というものの不確かさに対しての恐怖だった。

遥か昔の幼い頃のことを思い出しながら、ほとんど今と変わりがない自分に呆れもする。亀ヶ谷の濃い闇の中で、自らの輪郭が滲むように融け出し、むこうの闇にまでふくらんでいく。そして、あちらにまでさまよっているだろう自分から、こちらの自分に話しかけてくるのを聞いているのだ。

「これは……あれらろう……」

三つ子の魂だろうか、また悪戯心が起きて、ふと立ち止まると、地面に小さな光を落としていたペンライトのスイッチをあえて切ってみる。昼の花火のような煙の塊が瞼の裏を斜め上に上っていったかと思うと、薄らいでいき、闇に融ける。あまりの暗闇の濃さが目や鼻、耳、口と、穴という穴を塞いでくるのを感じつつ、だが、光はあるのだ。何かの光源から届くというものではなく、自分の視神経自体が幻視しているような光が見える。ごく薄い星雲の粒子に似た光のノイズが闇に塗《まぶ》されているのだ。純粋な漆黒などというものは存在しないのかも知れないが、闇が闇を見るうちに、たとえ自然であろうとも狂ってしまうということもあるのではないか、と、因《よすが》のない暗さに妄想が触手を伸ばし始める。

しばらくしても眼が慣れるということもなく、「……とんだ夜だ……」と鈍い声を投げてみると、声そのものが異物めいてももやもやとした形を持ったまま宙に残る気配があった。

「……女……」

という。

「言葉……」

という。

「無」

「……雪」

「音……」

「……光」

「闇」……。

くるか？　くるのか？　闇に溺れるか？

プラナリアのように体をくねらせた白い女の裸体。さらに変形しながら、結晶の断面に似た言葉という四角四面のやつに切断されていくが、なかなかどうして、白い女は細胞分裂しながら頭についた乳房や膕《ひかがみ》についた尻を震わせて、横っ腹に開いた口の奈落で闇を貪り食っていく。「人間が獲れました！」と絶叫して、闇が切腹すると、荒涼とした賽《さい》の河原《かわら》に虹がかかる。だが、あれすらも言葉のホログラムなのだから、騙されてはいけない。額が疼き、せり出してきた眼球は懐かしい風景を見るけれど、亀ヶ谷の中世に掘削された岩壁や繁茂する樹木を確かめるわけではなく、それらがまだ音だった頃のにおいを嗅いでいる。清廉な雪に鼻を鳴らし、儚い六角形を睫毛にのせるほど初心ではないだろう。獰猛な地吹雪を眼力でねじ切り、光の扁形動物を作っては、「女」と称されるのを耳にし、憤怒の面をして、また額の眼をしっかりと永劫に閉じてしまうのだ。ここにこそ闇。これが闇。

なのに、闇の中に大きな真っ黒い鯉が胎盤を引きずってゆらゆらと泳いでいくのを、何故自分は見てしまうのだろう。黒漆《こくしつ》の崑崙《こんろん》、夜裏《やり》に走る。真っ暗闇の只中を黒い玉が飛ぶのを見ているとでもいうのか。だが、まるで昔日の禅師達とは対極にある。瑪《め》瑙《のう》のような断面は浦木のＭＲＩの診断図に思えるが、俺達が幼い頃に持っていた町の地図だろう。秋葉原の電飾が焙り、ペンライトの蛇の目の光を反転させたような焦げ痕が、縮れた地図の真ん中に浮き出たと思うと、黒い炎を上げてめらめらと燃えていく。熱の渦だけが陽炎のような透明の影を揺らめかせて、闇にマーブル模様を描いていくのだ。

闇の密度の違いに様々な輪郭が泳いでいるのを感じながら、まだ名づけることもできない不確かなボリュームが、奥で不穏に蠢いている。見えそうで見えず、見えないと思っている所に、唐突に柔らかな片鱗を覗かせて、言葉を誘ってくる。

騙されるな、引っ掛かるな、と闇を手足で必死に掻くかわりに、耳を澄ましてみる。わずかな風に揺れて杉木立が互いの幹を擦らせ、古く重い扉を開くような軋みを上げているのがかすかに聞こえてきた。漆黒の世界にそれでも現実の薄っぺらな層が入り込んできて、呼吸する隙間ができたような気にもなる。夜露を含んだ叢《くさむら》がしんなりと沈み、潜《ひそ》まっていく音。凸凹の岩壁に染み入る湧水も、夥しい数の蟲が一斉に動いているような音を立てている。実際には見えないが、確実に亀ヶ谷の切通にあるものが音を出しているのは間違いない。

六体の虚空蔵菩薩像の脇にある幟が立てているだろう音や、無縁仏の墓石群の下で鳴く邯鄲《かんたん》のような声、生木を軽く叩いているような音は、卒塔婆《そとうば》が風でぶつかっている音だろう。いきなり、夜空をこだまするようなコノハズクの鳴き声が柔らかく聞こえてきて、俺はふと顔を上げた。

銀色の腸《はらわた》に覆われたような朧月《おぼろづき》が見える。

視線を戻すと、俺はクルマで渋滞する若宮大路を歩いていた。


ねぎまと獅子唐を頼んで、冷酒を一口含む。

飴色になった古いカウンターからは勢いのある紫色の煙が濛々と上がり、鴨居の汚れた紺色の暖簾も壁もさらに燻らせている。漆でも塗ったのではないかと思えるほどの年季のポスターには、眉の太い女の子が微笑みながらビキニ姿で腰をくねらせていた。

「つくねとぼんぼちッ」

ボロボロに傷んだ団扇《うちわ》を叩きながら、顔を顰《しか》め体を傾《にし》げて串を回す親父の料理着も、相当に年季が入っていて頼もしくもある。茶色く煮染めたような汚れを見て、化粧坂でのジャケットを早めにクリーニング店に出さねばならないと思いながら、また冷酒をやる。

「アスパラ肉巻ーッ」

鎌倉駅近くの立ち飲み屋は、市役所に勤める者達や商店街の常連、美学校に通う若い連中などで混雑していて、少し体の向きを変えるだけで肘やら肩やらが触れる。がたついた円テーブルにはグラス底の輪がいくつもつき、タレなどの零れは拭き取ってあるものの、触ればねっとりとくる。アルミの灰皿にも様々な種類の吸殻がねじ込んであった。

「世界遺産にぃ、認定されてぇ、どうなるっちゅう話でもないわな」

「また、さらに住民税が上がるでしょう、これ……」

「オヤジーッ、煮込み、まだかー」

馴染み深さと雑多な喧騒に救われて、闇の亀ヶ谷に沈み込んでいた妄想の鉛玉が、少しずつ浮いてくる。粘りを持った泡になり、人の声に削られて身を軽くしたかと思うと、ジグザグに揺れながら日常の水面へと向かって弾ける。だが、何処かにその軌跡が煙の筋のように残るのだ。今度は、酒の酔いでその筋を釣り糸にでもして、俺は何か釣り上げでもするのか。

唇の片端を鈍く上げて笑いを泳がすと、また二人連れのサラリーマンが戸口の縄暖簾を潜って入ってくる。体をよじりながら中に進んできて、自分の立っている円テーブルの前にきて、「いいですか」と声をかけてくるのを、俺は軽く頭を下げて促した。一人はすっかり髪が後退しているが、自分と同じくらいの歳だろう。ふくよかというよりも、むくんだような顔に歳相応の疲れが滲み出ていて、緩めたグレーのネクタイの咽喉元がやけに白々として見える。若い方は体にフィットした流行のスーツを着て、すでに煙草をくわえながら店の壁に貼られた品書きを物色し始めているようだ。

「生と奴《やっこ》ッ、後……」と中年が若い男を振り返って、「盛り合わせでいいよな」と確かめている。

「あ、俺、ポテトサラダ、いいっすか。大好物なもんで」

大好物、という言葉がやけに面白く感じられて、胸の中で繰り返してみる。幼さというよりも、明朗さと同時に人を拒否する仕切りみたいなものがあって、すでに会社の人間関係から逸れているかのようだ。目を伏せて一口冷酒を含むと、あえて前にいる二人を見ないようにして、運ばれてきたねぎまを歯で串から引きちぎった。

「なあ、ＯＪＴなんていっても、そんなもんなあ。職場のコミュニケーションなんてのは、飲みで充分だろうになあ」

「つうか、でも、俺、アウトプレースメントのプログラム案を出せっていわれても、はっきりいって、無理ですよ」

「おまえがリストラ食らう方か？」

いきなり中年男が喘鳴《ぜんめい》のような笑い声を上げながら、若いやつの肩を大袈裟に叩いている。充満する焼き鳥の煙が、立ち飲み屋にいる者達のすぐ頭の上で層を作っていて、すでに天界が近い。彼岸のすぐ傍で酒を酌み交わし、侃々諤々《かんかんがくがく》やっているうち、この煙の層が首元までやってきて、誰も気づかぬうちに向こう側にいっている。隔離室に閉じ込められた見ず知らずの自分達が、末期《まつご》の自棄酒《やけざけ》でもやっているように感じて、それが愉快でもあった。

「あの、何だ、フリークエン……」

「ああ、フリークエント・ショッパーズ・プログラムっすか」

「俺達、人材ビジネスにすりゃ、再就職のマイレージサービスみたいなもん、考えろっつうことだろう？」

「ジレンマっすよねえ」

よく分からないカタカナ語が眼の前で交わされていたが、再就職のマイレージ云々のおかしさよりも、冷奴を箸で滅茶苦茶に壊している男の生活が、ビジネスと地続きであることがユーモラスでもある。生きるか死ぬかの厳しい世の中には違いないが、自分も含めてここにいる酔客達の児戯《じぎ》めいた感じに、腹を抱えて大笑いしたくもなるのだ。いや、酒に酔うよりも、仕事の方が児戯ともいえる。

「……普遍的価値を有する文化遺産と……自然？　どうなのそれ、鎌倉の場合……？」

「大船駅近くでやってる女房の貴金属買取店がさ、結構、回ってるっていうんだよ……」

「だから、ハートビル法で、認められないんだって」

「……八つの眼から見たら……朋子の見た魚影どころか、朋子自体も影だろう……」

「的を見たら駄目なんだよ。的を見ない。的になりきる」

「……化粧坂で消えた黒揚羽になりきるのか……」

「そうすると、的がどんどん自分に近づいてきて……」

ゆっくり振り返ると、店の隅の方で若い男が左腕を真横に伸ばし、右肘を引いていた。それをやはり同年代の男と女がジョッキや焼酎グラスを片手に聞いている。隅の壁には二メートルを優に超える紺色の細長い包みが何本か立てかけてあって、すぐにも弓道の稽古の帰りと知れた。場所からして、鎌倉八幡宮の弓道場に通っている若者達だろうと思う。

「……的が自分の中に入る。だから、自分の中心に向かって射れば、百発百中」

「なんか、オイゲン・ヘリゲルの……ほら、阿波《あわ》師範の言葉みたいだよな」

「つうか、童雪老師のいってることとって、それだろ。やっぱ、おまえ、閻魔《えんま》堂で坐禅だよ、坐禅ッ」

　人々の声に紛れて聞こえてきた閻魔堂は円覚寺の塔頭だから、彼らは八幡宮ではなく、あの境内で会った山羊髭の老師に稽古をつけて貰っている者達なのかも知れない。

　俺は煙で渦を巻いているカウンターに向かって、空の冷酒の銚子を振って見せ、買ったばかりの煙草に火をつけた。執筆が滞るからと闇の中にまで煙草を買いに出て、魑魅魍魎《ちみもうりよう》の引っ掻き傷から膿んだものを濯ごうと、また飲み屋に捕まっているのだ。

「……無心となり、無我となり、といってもなあ。無限の深みというやつに沈もうとすればするほど、浮いてくるよなあ……」

「浮く、浮くッ」

　隅の三人が肩を揺らして屈託なく笑う声が、店の中に一層高くなった。さっき歩いてきた亀ヶ谷の切通で、何も見えない闇にまで蠢くものを見ようとしていた自分の浅薄な病いが、彼らの笑いで飛ばされるかと期待したが、むしろ粘りながら、どろりとした触手を伸ばしていくようだ。

「……手強《てごわ》いだろう？　中年男の迷いというのも……」

「無心になろうと思うのが、駄目なんだよな。故意に無心になる、っていうやつ？」

「そうなんだよ……我思う、ゆえに我あり、なんてのは、煩悩の極致だよな」

「ていうか、無自体、私、信じないし」

「……山門の女なんだけど……俺を、不埒なひとだってよ」

「私が思う、なんて、自分で証明できなくないか？」

「我なし、は、証明できる……」


蛍光灯の光が溜まった新しい冷酒に口をつけながら、若者達の会話を頭に巡らせ、獅子唐を齧る。ひん曲がった凸凹の実は所々焦げ痕をつけて、しなびた緑色を怒っているようにも見えた。前を見ると、いつのまにか乱雑に壊されていた冷奴もたいらげられて、豆腐の欠片が醬油を白っぽくしている。ついでに、丸められたナプキンまで入れられ、蕾のドライフラワーみたいになっていた。

赤らんだ顔の同輩は目を細め、携帯電話を遠ざけるようにしながらもメールを打っていたし、若い方は硬くなったハツを一心に串から抜き取っている。その後ろでは、サマーニットを着たがたいの大きい男が、割り箸でアプローチショットについて話していて、古いセルフレームの眼鏡をかけた小柄な男は爪楊枝をくわえながらスポーツ新聞を貪り読んでいた。いかにも血色のいい女盛りといった顔が、栗色に染めた長い髪を掻き上げて笑う。頭陀袋《ずだぶくろ》のようなジャケットを右肩だけにかけているやつは、煮込みに何か入ったか、首を突き出して逆にした割り箸で探りを入れ、横の男は痩せた喉仏を上下させてジョッキを呷《あお》っていた。

「……こうやって、呑んでいるのも……楽しい、ですね……」

ああ、と答えようとして、慌ててまた冷酒を揺らして一口含む。誰の声かは知らない。笑い声や怒声や泣き声や嬌声が、激しい雨降りの音になって、そこに女の声を聞き取っていることもなくはないだろう。俺が想像している声だとしても、「私が思う、なんて、自分で証明できなくないか？」だろう。無限の深みというやつに沈み込まなければならないんだよな？

「……間違いなく、あんた……、あの山門に、いたよね……」

まるで幼い頃に新川のほとりで疑ったように、今、紫色の煙を濛々と上げているカウンターや酔いで和んでいる者達や薄汚いポスターの水着女が一瞬にして消えて、俺はまだ土砂降りの夜の山門で朦朧としているのかも知れないじゃないか。まだ、そんな幻覚や妄想を思い描く方が遥かに現実味があって、むしろ、今、目の前の立ち飲み屋の光景が、まったく見ている通りにあること自体が、奇跡に近いのだ。

急に酔いが醒めそうになったと同時に、俺は円テーブルの上に置かれた手を凝視しているのに気づく。俺は何を見て、飲み屋の光景などと思っているのだろう。しかも、俺の手を……ではなく、前の中年男の静脈が浮き出た無骨な手をだ。

「……どうか、されましたか……？」

テーブルに落ちてきた声にふと顔を上げると、きょとんとした男の表情と出くわした。俺の視線の先に気づいて、手をわずかに開き、幾重にも曲折した苦水のようなものを覗かせる。

「いや……、あなたの手が……なんだか、私の手のようだと思いまして……」

隣の若い男がいきなり噴き出して、「面白いなあ、それ。面白いッ」と充血した目を見開いて、円テーブルに唾を飛ばした。節くれ立つ関節や複雑に隆起した静脈などが、いかにも自分と変わらぬ五〇男の手だが、それでも開いた掌の厚みが篤実そうな感じもする。中年男は一瞬こちらの表情の底を窺っているようだったが、すぐにも隣の若い男の肘を小突く。

「……じつに、分かりますよ、……分かります……」

男は神妙な顔をして口角を下げ、確認するように頷くと、ほとんどビールの残っていないジョッキを軽く上げて見せた。

朝靄の切通はしぼり水が滲み出ていなくとも、荒れた道も岩肌もしっとりと水気を含んで沈んでいる。新緑の以呂波紅葉が次々に押し寄せる波のように、宙へと葉群を溢れさせて靄を食んでいるのを見ながら、北斎が波頭の一瞬を看破してフラクタルなざわめきとして描いた絵図を連想してみる。一体、画狂人のあの眼力は何なのか……。観察云々よりも、見る、ということの呼吸のあり方に関わる話だろう。

摩睺羅伽の背にある火炎が過ぎり、ダ・ヴィンチの水のデッサンが波紋を描く。ドビュッシーの光の音が響く。いずれも、もはや見ている己れなるものが消えているのだ。自分などというものがあるからこそ、世界は濁り、よけいな雑音を醸し出すというのに、それをなくそうとする自分がまたよけいなことを考える。新緑の葉群のようにただ静かに朝露に濡れていろよ、と溜息が出るが、世界にとって最も邪魔な者が、今、朝靄で濡れた切通を這うように歩き、酒臭い息を吐いているのだ。

北鎌倉の「椿」で、樫村や尾長達とダ・ヴィンチや北斎の話でまた盛り上がってしたたかに呑んだというのに、妙に酔えず、ただ頭の左半分に偏頭痛を抱えて、早朝のあばら家の蜘蛛の巣に絡められようとしている。浴室の冷たいコンクリートの壁にへばりついた八肢と、黒曜石のような八つの単眼をくっきりと思い出して、あいつはひっそりと暮らしているようで、意外にも、泰然と世界なるものを編んでいるつもりなのかも知れない。いや、やつはそんなことさえ考えないからこそ充足し、沈黙しているのだ。あばら家の主などと霊魂信仰のような奇妙なフィクションをこさえ、畏怖している自分のしみったれた発想が、急に苛立たしくもなり、吐き気さえしてくる。漠然とだが、帰ったと同時に土蜘蛛を箒で叩き潰してしまおうと覚悟する。はっきりと決めたら、逆に逡巡するもので、そのまま靴を脱いだ足で浴室へ向かい、何も考えず一気に叩いてしまえばいい。枝雲寺の陰気な塔頭の風景が、すっかり色を変えてくれる。

いつのまにか自分の足元ばかりに落としていた視線を上げると、薄紫色の朝靄を絡みつかせた奇巌《きがん》の隧道《ずいどう》が控えている。両脇の岩壁は硬い鋼のつるはしや鍬《くわ》のようなもので削り上げたのか、剝き出した堆積岩の地層が斜めに粗く傾いて、薄い光を歪に覗かせたむこうの穴へと収斂《しゅうれん》していく。幾筋もの層理は荒削りではあるのに流れるようで、巌《いわお》の鱗を持った大蛇が通り抜けた跡にも見えた。

上には気味の悪いほど柔らかい楕円状のえぐれが見えて、眼の錯覚で、引っ込んだ穴なのか飛び出た瘤なのか分からないような遠近感の狂いを感じさせる。やぐらを作ろうとして止めたのか、それとも隧道入口の縁を一旦高く削り始めてしまった名残か。

仏尊でも収まればちょうどいい穴が、三つほど並んでいて、その空白がむしろ念仏の響きを空回りさせているようで落ち着かず、何かを待っている感じなのだ。

隧道というよりも巌の門といった方がいい短い暗がりに入ると、黴臭さと鼻を衝く腐葉土のにおいがする。口を開けたり、片側が潰れたり、食いしばったりした表情の髑髏が犇く岩肌の影を見ながら、壊れ、ほころびた血まみれの甲冑を引きずる音に耳を澄ます。間違いなく、ここを潜った瀕死の兵《つわもの》どもがいて、虚空に救いの手をうろつかせるだの、敵に渡すわけにいかぬ仲間の生首をぶら下げているだの、まろび出る腸《はらわた》を押さえて絶えるだのする影を、見る者ならば見るのだろう。

湿った暗がりからアーチ門のような隧道の出口にきて、以呂波紅葉やスダ椎の枝葉が覆い被さる道のむこうに、人家の屋根が小さく覗いている。闇の中ならまだしも、すでに横須賀線の始発も走り出した朝の時間に霊の類を連想して朦朧としている者こそ、ぼろぼろの甲冑を着てさまよっているようなものだ。波のきた左の偏頭痛に髪がざわりと立って、首筋の裏を拳で軽く叩くと、寝不足の眩暈が頭の芯を揺さぶる。

痛みも眩暈も気の塞ぎも切通をよろぼう兵達の仕業かい、と嘲りに唇をゆがめた時、やけに露骨に幽霊の手が鼠蹊《そけい》部のあたりを撫でてきて、すぐにもジーンズのポケットから携帯電話を取り出した。小さく唸って振動する先は、「椿」で深酔いしながらも、今泉にあるゴルフ場に久しぶりにいこうと誘ってくれた樫村からだろう。「寒河江君、あの日、腹切やぐらからも何度も電話したというのに、出ないというのは、どういうことだ？」と小言を食らい、「ゴルフだよ。仕事している場合じゃないよ」と半ば憤然といわれたのだ。ほんの一時間ほど前まで一緒に呑んでいたというのに、まさか本気でこれからやるのではあるまいな、と名前も確かめず電話に出たら、まったく異質の低い声だった。

「……ああ、寝てたか……？」

突然の浦木の声に顔を上げると、木々の葉群から漏れた朝日が突き刺してきて、反射的に眼を閉じる。銀色の残像が、二、三度ふくらんで飛ぶ。

「どうせ、ドライブモードかと思ってや。悪ぃや……」

「……いや、起きてたさ」と目をしばたたかせて答えると、かすかな笑いが耳を撫でた。

「嫌らなあ、やっぱ歳らんだなあ。お互い、早起きなんてや……」

「浦木……俺は、今から帰るところら。まだ酔っ払ってるわや」

さらに浦木の乾いた笑いが被さってきたと思うと、鳶とは違う海猫のような鳴き声が聞こえてきて、俺は無意識のうちにも空を仰ぐ。以呂波紅葉の夥しい枝葉のモザイクと靄の湿気に覆われた切通の空があったが、一瞬頭の中を迂回して見えてくる感じだった。何処を迂回して戻ってきたのか。もう一度、海猫の鳴き声がして、今度は間違いなく携帯電話の奥からだった。

「今……三日月橋の上に、いるんだけどや……」

新川……。裏山の陰になって冷えた、新川の濃い水のにおいが満ちてきて、潮のにおいも混ざる。海風を探して眼を北にやれば、傾いた朝日を受けて河口付近が銀色に光っている。こんな朝の早い時間に散歩などする日課を浦木は持っていたのか……。俺はふと呼ばれた気がして、巌の隧道を振り返ってみる。葉群から漏れた光が荒れた岩肌やぶら下がる木の根の起伏をくっきりと浮かび上がらせて、歪に口を開けた洞の暗さがあるだけだ。

「……なんで、こんな時間に三日月橋に……。浦木、なんだ、散歩らか……？」

「いや……、寒河江さあ……、ひょっとして、この前、俺が電話した時……鎌倉じゃねえて、新潟にいねかったか？」

浦木は何かに捕まったか、と思って、だが、俺は背後の隧道の陰に浦木がじっと立っているんじゃないかと感じたのだ。人のことはいえない。泣いている女と塔頭にいた時にも、外から呼ぶ声を聞いて一瞬でも浦木かと感じた自分だ。

「浦木、おまえ、何いってるんで……？　だったら、おめえと呑んでるだろうが」

「らよなあ……」

「どうした？」

「いや、なんでね……」

新川の面ではなく、何か自分達だけの想いが通る空気の層があって、そこが漣を立てている。

分かりますよ……分かります……。

何処かで聞いたフレーズが蘇ってくる。数日前……いや、もっと前か。樫村でも尾長でも、まして、浦木の声でもない。だが、間違いなく中年の……と追っているうちに、鎌倉の立ち飲み屋でテーブルが一緒になった男が自分にいった言葉だと思い出す。

中年男の共時性みたいなもんか……と愚にもつかぬことを脳裏に過ぎらせ、思わず自分も笑いを漏らした。遥か沖合いにあったはずの水平線の光が、すでに自分にまで届いていてすくんでしまう感じに似て、だが、もがいたりすれば泥濘《ぬかる》むばかりだという程度のことは知っている。「何それ？」と撥ね除ける無知や、それがどうしたと呑み込む達観の狭間に延々居座り、消耗していくのではないか、などという思いにはまっていくのだ。

「寒河江が笑うのも……無理ねえわな……」

「いや……」

また海猫の声がはっきりと聞こえ、浦木の頭上を掠めていく軌跡が見える。新川のほとりに並んだボートや小型の漁船が静かに揺れているのも想像できて、船を結びつけた綱が濁った水面にたわんで浸かっているのまで見えるようだ。時々、五十嵐浜から吹いてくる海風が、浦木の携帯電話にはためくような音を立てる。

「寒河江……この前の話らけどや……。忘れてくれねか……?」

確実に、今浦木の目は新川のミルクコーヒー色の水面を見つめているだろう。光と影の柔らかな鱗が水面を舐め、目を細めるとたくさんの軟体動物が躍っているように見える。その下を眼の錯覚かと思うほどに薄い魚の影が泳いでいるのを、欄干に肘をつきながら遠い眼をして追っているのか。

「ああ……」

ふと想像の視線が新川の水面から離れ、三日月橋の袂《たもと》にまで引いて、そこから浦木の痩せた姿を見ている。まだ朝の六時過ぎの時間に、五〇男が独り、三日月橋の欄干に肘をついて新川を見つめている図は、あまりに危うい。

「……踏み切りらか……?」

何だ？　と浦木の声の背後に耳を凝らす。

「踏み切りの信号の音……そっち」

まだいっている意味が分からずに、浦木は正気かと不穏な泡立ちを覚えた時に、横須賀線の扇ヶ谷辺りの踏み切りの音がかすかに届いていて、自分が鎌倉の切通にいることに眩暈に似たものを覚える。しぼり水でじくじくと濡れた腐葉土の道や、獰猛なほどに枝葉を伸ばした木々のいきれや、数多くの髑髏を埋め込んだ岩肌の粗さが、故郷の新川の面から反射するように見えてきた。

「なんか……地獄の三丁目からの音みたいらな……」

踏み切りの古臭い警報器の音が、奇妙に揺れ動き、波立ちながら聞こえてくる。電話とはいえ、胸の奥底を急き立てるような繰り返しの音を浦木が聞いて、何かのタイミングで妙なことをやらかさないか、と体の中をざらりと撫でられた気分になる。

「……変なこと……考えるなよ……」

そういったのは、三日月橋にいる浦木の方だった。

トタン屋根の上を飯酒盃さんの掃除する音が聞こえる。

仕事をしていた文机の上からくすんだ天井に視線を上げると、朽ちかけた木塀の戸が開けられた気配がして、さらに耳を澄ました。ドア前でじっと佇む沈黙の息遣いは、おそらく横にある矩形の井戸を見つめているのだろう。そして、木の枝の先が当ったかのような薄いノックの音がした。

「開いてるよ」と、前の障子戸に映る竹葉の影を見つめながら声を投げる。コンクリートの三和土に女のヒールが硬く二、三度躙《にじ》るような音を立て、間があってから衣擦れの音と一緒に狭い廊下のガラス戸が揺れて鳴った。

「仕事中、でしたか……？」

「なのか、ぼーっとしていたのか……」

煙草のパッケージを取りながら振り返ると、黒のタイトなスーツを着た女が、気遣ってか、まだ畳の部屋には入らないまま廊下からこちらを窺っている。ストッキングまで薄い黒のものをはいていたから、一瞬葬儀帰りかと思ったが、中のブラウスが襟を立てたシンプルなもので第二ボタンまで開かれている。パールのネックレスもつけていない。煙草の先に火をつけようとしたところで、女のつけている控えめなトアレがふくらんできた。

「この前は……すみません……」

中に入ってくるのを逡巡しているのか、「何してるの」と声をかけようとした時に、トタン屋根を擦る枝葉の先の音がした。

「何処にありました？　私の……」

そういいかけた女も屋根の音に飴色の天井に視線をやったと思うと、すぐにも視野に入ったのか、部屋の右奥にある洗面台の方に見開いた眼を戻す。

「え？」

薄暗い浴室から覗いている棕櫚箒の長い柄に目を留めて、いきなり張りついたような表情で女は廊下から四畳半の部屋に入って小走りした。増女《ぞうおんな》の面。曇るも晴れるもなく、ただ凝った表情で追い縋るように傾く女のシルエットが横切って、鬘物《かずらもの》か雑物か分からない、ただ怖いものを見たように自分も固まってしまう。こんな狭い廃寺のあばら家に、突然、鏡の間に向かうのか、舞台に向かうのか、長い長い橋掛かりを渡された気になった。いや、むしろ、世阿弥は女の無意識を舞台にしたのだから逆だろう、と訳の分からぬことを脳裏に巡らせながら、煙草を手にして茫然とその一瞬を見送るだけだ。

箒の柄が突き出た浴室の戸口に立って、女が強く息を呑む音が届く。俺はようやく煙草の先に火をつけ、その直後、女の長く掠れた溜息が漏れるのを聞いた。

「……なんで……こんな、ことを……」

女がゆっくり浴室から振り返って、乱れた髪の間から般若が覗くかと睨んでいると、放心したような表情をしながらブラウスの胸元を指先で触っていた。

「しようと……」

「……分からない……」

ゆっくり立ち上がって、浴室の戸口に向かう。女の足元に倒れている長箒の柄を摑んで洗面台に立てかけ、薄暗さに電灯スイッチを入れると、両端に紫の染みが出た古い蛍光灯の光が瞬いて、自分の顔が陰惨な感じで鏡に浮き上がった。冷たく薄汚れたコンクリートの壁を見やる。八肢を広げ少し傾いて張りついている土蜘蛛。煙草の煙のにおいを察知したのか、前の一対の足先だけをかすかに動かしてから、またじっと身構え、触肢だけを盛んに震わせているようだ。煙草を一口吸って、煙を浴室の中に入れないようにして横に吐く。遅れて暗い鏡に紫色の煙がふくらんで映った。

「……何か、また、大きくなったような気がする……」

女は何も答えずに、黙ったまま浴室の戸口に背を向けるようにして立ち尽くしている。たいしたことじゃない。気色の悪い土蜘蛛をむしろ怖がっていたのは、女の方じゃないか。だが、いざ、箒で叩き潰そうとしてもどうにも手が動かなかった。

「……私……やっぱり……邪魔、ですか……?」

くぐもった声が聞こえてきたと同時に、屋根を引っ掻く飯酒盃さんの竹箒の先が軋んだ音を上げる。そして、長く撫でるように、ざらりと天井を掃いていく。俺は壁の蜘蛛から視線を外すと、吸いかけの煙草を洗面台のシンクに投げた。

女の背後から腕を回すと、体の輪郭を強張らせて芯に拒絶するような堅さがある。宥《なだ》めること自体が女の言葉を肯定するようで、ただ髪に鼻先を埋めてじっとしている。ブラウスの胸から自分の腕に体温と速い鼓動が伝わってきて、俺は眉間に力を込めるようにして目を閉じた。角度の違う男の八つの像が、憤然とした表情で長い箒を振る図が見えてくる。蜘蛛の巣のように破れて無様に解《ほつ》れるのは人間の方で、それを八つの単眼は何事もなく冷ややかに映して、待っているだけだ。

トアレの香りと一緒にブラウスに残った柔軟剤のほのかなにおいがする。こんな時に自分は何だと思いながらも、ふと、女との生活を過ぎらせる。自分の腕と女の胸の間にある熱が浸透してきて、乳房の柔らかさが武骨で節くれだった指や腕と区別がつかなくなり、俺はさらに力を込めた。竹林のざわめく音があばら家全体を撫でたと思うと、旋毛を枝先が小突く。また竹の葉群が風にもんどり打ったように激しく、飛沫に似た音を立てた。

「……私、また……、変なこと……いってしまいましたね……」

手の甲に女の湿った息がかかる。

「……波の音、に、聞こえないか?」

トタン屋根を枝葉が束になって叩いたようで、波頭が砕ける。ざわざわと泡立って引いていく波の後に、次の波が湾曲になって被さってきた。俺は堅く両目を閉じながらも額に隠れた三つ目の眼をうっすらと開けてみる。濡れた髪も体も砂まみれになった女の裸を抱いている。波打ち際で裸の骸を波に嬲《なぶ》られている女が、朋子の母でも、朋子でも、別れた女でも、今抱き締めている女でも、誰の顔でも不自然ではない気がしてハッと息を呑んで眼を開けた。抱き締めていた女が砂になって一気に腕の中から崩れ落ちる。あばら家の主の土蜘蛛が見えない糸を放射してこさえていた人型の繭。今度は解《ほど》き始められて、初めて見えてくるのか。

「……この前、誰かが、外で俺の名前を、呼んだだろう?」

女は俺の両腕から体を柔らかく開いて、離れようとした。動きの奥にある女の意志のようなものを感じて思わず力を抜くと、互いの熱で湿っていた腕が頼りなく薄い風を呼ぶ。

「……『椿』の人達じゃないそうだ……。誰もこなかったっていっていた……」

女のジャケットの背中に稲妻のような形の新しい皺ができている。蛇腹にも似た痕を掌で払おうとして、宙で手を止めた。切通隧道の層理を思い出したわけでも、電話での浦木の話が過ぎったせいでもない。無意識のうちに、女の湿って固まっていた砂が崩れると何処かで思ってしまったのだ。女が黙って答えずにいるのも、輪郭を壊さないようにしているかに見えて、さらに触れることがためらわれる。

「……さっき……話しかけていたけど……何処にありました、って、何のこと……？」

女の髪に光の帯が走ったが、振り向こうとはしない。ただ息を詰めた気配だけが、細いジャケットの背中越しに伝わってくる。垣間見た横顔の白い凝りが再び浮かんで、何か起きたのか起きてないのかを確かめるまでの表情の空白がとてつもなく恐ろしく、それまでの時間が一瞬でも一年でも同じ顔のままなのではないか、と思い、また後ろからしがみつきたくなる。

「いえ……もう、いいの」

静かにだが、きっぱりとした口調がようやく返ってきた。

「……何だよ」

「……この前……帰る時に、玄関……、いえ、もう、いいんです」

そういったと思うと、女は振り向きもしないで四畳半の部屋から廊下に出て、パンプスに爪先を滑らせている。おそらく、また橋掛かりでもいくような白く凝った横顔をしているのではないか、と思いながら、一体どうしたんだ、の一言も出なくて俺は佇むだけだ。ドアの閉まる音を聞いて自分でもよく分からない溜息を吐いていた。

洗面台のシンクを見ると、すでに煙草は消えていて、先の黒い焦げからホーローの表面にカラメルのようなタールを小さく広げている。浴室の鉛色の壁にはさっきと同じ体勢で、土蜘蛛が八本の脚を張っていた。風化によって自然に浮き出てきた紋章のような堅固さでわだかまっているが、体を覆う繊毛がコンクリート壁とは異質で生っぽい。八個の単眼が映した男女は、影にもならず、ただ光が屈折した陽炎の筋のように見えていたのかも知れず、蜘蛛にとってみれば夢のようなものだ。

あまりにくだらない想像だと分かっていながらも、天井隅の歪な穴から女のヒールの足が現われてきやしないかと俺は待ってみる。

一滴の雨滴が、完璧な音を立てて地に落ちる。

俺には完璧というものの基準が曖昧だが、境内全体を平手打ちするような音がして、そんなことを思う。

緑色に燃え上がるような銀杏の葉の群がりや、鎌倉伊吹と呼ばれる柏槙《びゃくしん》の老いた幹に視線をさまよわせる間にも、また頭から爪先まで貫くような雨滴の音が響いた。山門近くの弓道場から聞こえてくる音に、雨垂れを連想していて、あながち遠くないのではないかと、さらに耳を澄ました。

すでに閉門した古刹の弓道場は、塔頭の閻魔堂前に竹の棒が横に置かれて遮られていたから、若い門弟達も帰り、おそらくあの山羊髭の老師が独り射ているに違いない。あまりにも独りであるからと、若い頃の銭湯で見た男のように笑いながら弓を引いているわけもなく、もはや己なるものさえないのだろう。的に中れば太鼓の皮が破れたような音が立ち、外れればかすかに鏃《やじり》が砂を食む音が聞こえてくるのだ。

俺は境内の端にあるベンチに腰掛けながら、両手を頭の後ろで組んでぼんやりと眺め渡す。一斉に立ち上る噴煙のような杉の枝葉や楓の爛《ただ》れるような新緑があるかと思えば、奥に控えた六国見山の獰猛なほどの木々の圧が盛り上がりながらも、厖大《ぼうだい》な息を潜めている。そんな中に山門の裳階《もこし》の端が、刀の切っ先のような静けさで宙に澄んでいた。

少しずつ宵に近づくにつれて、木々の緑が灰色がかって沈んでくる。境内に満ちていた青いにおいが、しっとりと露を含み始めてさらに粘ったような濃さを醸してきて、体にまとわりついてくるのを感じた。また雨でも降るのか……と思った時に、弓道場の方から完璧な一箭《せん》の音。雫が自分の旋毛に穴をうがつ。

「……的が自分の中に入る。だから、自分の中心に向かって射れば、百発百中」

立ち飲み屋にいた若い射手達の話が思い出されて、微笑ましいのか苦いのか分からない。自らの若い頃の鈍感さが蘇ってきて、一気に汗が滲み出てくるのも情けなく、夕空を仰いで思い切り息を噴き上げた。藍色の空に楓の細かい葉先が黒く貼りついていて、じっと見入っていると、黒い影の輪郭だけ薄く透明な光に瞬いて、明度が狂ったようになる。空が楓の型抜きをしているのか、楓が藍色の空を分けているのか分からなくなってきて、どちらも確かではないようにも思えてくる。ただ生卵の白身のようなゼリー状の光が点滅するたびに、空の色が変わり、葉の影が濃くなる。そのうち、その透明な光さえも消え入るようなのだ。

この見ている自分も消えてしまえれば……と、口を開けて呆けるようにしているうちに、葉先に溜まった雫がゆっくりとふくらんできて、宇宙を閉じ込め始める。表面張力を起こした球の中で宇宙が対流し、引っくり返り、さらにふくらんで静謐《せいひつ》な力を限界まで溜め込んだ時、雫はごく当たり前に自然に葉先から離れて落ちるのだ。一条の銀線が光って、俺の額の的にとてつもない音を立てる。中る。そうすれば眠っていた額の眼が、目覚めるなどということもあるのではないか……。

「ああッ」

しわがれてはいるが威勢のいい声に眼を開けると、いつのまにか暗くなった空から柘榴《ざくろ》のような頭が逆さになって覗き込んでいた。慌てて上半身を起こす。薄闇によく見えないが、前とは違い、墨染めの作務衣を着た山羊髭の老師が、海亀のような目をしょぼつかせていた。バツの悪さに「この前はどうも」と口にしようとしたら、むこうから声をかけてくる。

「こんな所で寝ておったら、あんた……、いくら陽気が良うても、風邪をひく」

「いや、寝ていたわけ……」と口籠ったが、転寝《うたたね》程度はしたのかも知れない。亀ケ谷のあばら家では中々寝つけないのに、まったくそぐわない所でふと眠気に襲われる。

「和尚、弓道のお稽古は、終わりですか？」

自分だけベンチに座っているのも礼を失するようで立ち上がろうとすると、手で制して老師の方から短い嗚咽のような声を上げて隣に座ってきた。ほのかに白檀《びゃくだん》の線香のにおいがして、薄闇の湿気に柔らかな模様が広がった気がする。弓道場の方を見ると、いつのまにか閻魔堂に灯されていた明かりも消えて、黒く闇の中に沈んでいた。老師に視線を戻すと、境内に一本しかない水銀灯に山羊髭が解《ほつ》れながら光っていた。

「この前……鎌倉の立ち飲み屋で、和尚のお弟子さん達に会いましたよ」

「ああ」と口をゆがめて声を発すると、満面皺だらけにして笑ってくる。強烈なほどの皺の重なりに、また一種異様な凄みさえ感じさせられて、俺は山門の間から見える本堂に眼を移した。

「何か、弓道の難しい話をされてました」

「……なーに、弓など、引いて、離れるのを待つだけ……」

と、作務衣のあちこちをのんびりした仕草で探り始めたから、俺の方から煙草を差し出した。パッケージの角や指の縁などの輪郭しか反射して見えないが、百円ライターをつけた時、煙草をくわえた老師の顔がうそぶきの面のような表情で灯った。

「……いや、しかし、あの若い者達は、結婚せんのだよ……」

前と同じことをいわれて、生返事をしながら煙草をジャケットのポケットに収めた。ちりちりと縮れるような音のたびに、視野の隅が明るくなり、また煙を吐き出す深い息の音が聞こえる。煙など見えないが、時々、山門の間をマーブル模様の影が動く。

「あんたは……この近くに住んでおられるのかね……？」

一拍置いて、「亀ヶ谷の方です」と俺は答える。老師は指先で器用に煙草の先の火をねじり捨てたようで、吸殻を作務衣のポケットに無雑作に仕舞い込んだ。

「さて、どれッ」と腰を上げた老師が上から見下ろしてきた。完全に闇に潰れて表情も見えないが、まさかうそぶきの面の表情でもないだろう。まして笑っているわけでもない。

「ここで寝るのであれば、私の所にくればいい」

「いえいえ、とんでもない話です。単に、散歩の途中ですよ」

それでも表情は見えないままだが、じっと俺の顔を窺っている息遣いだけは分かった。作務衣の肩や袖、禿頭の縁などにだけ破線のようにごく弱い光が反射して、かろうじて姿を見分けられる。

「……まあ、気をつけなされや。どうにも、闇の中にいると……いろんなもんが見えてきて……捕まってしまうのでな。そういう時は、寝るに限る」

まだ宵の口もいいところだが、禅僧の生活というものだろう。闇にすぐにも融け込んでいく老師の後姿を見送っていると、群生した杉林の上の方からコノハズクの声が境内に響いた。俺もおもむろに立ち上がって、山門の方へと眼を凝らして足を進める。まだ切通の闇に比べれば、地面の凹凸も磨り減った石畳の境目もなんとか分かる。

夜露を含み始めた土のにおいに混じって、乾いた埃臭いにおいが鼻先をくすぐってきた。山門の三段の石段を上がり、さらに暗い門の下に入る。空、無相、無願……三解脱《げだつ》など自分には無縁だが、何百年と踏み込まれてきた敷石の丸みを靴裏に感じながら躙《にじ》るように進む。そして、真ん中の閾をまたぐと、その横木の上に、体の中に残っている息を全部吐き出して腰を下ろした。

時々風に揺れる竹林の音が、あばら家のものよりも優しく聞こえる。またコノハズクの深く柔らかな声。眼を閉じると、柏槙や杉林の葉のざわめきも届いて、遠く何処かの飼い犬の鳴き声も聞こえてきた。

ただ闇を呼吸するだけで、何も考えずに時間が過ぎるのを待ち続けた。俺はさらに耳を澄ませて、闇の中から雨の音を探そうとしている自分にようやく気づく。

「……雨……」

聞こえない。

「……女」

と、俺はあえて続けていってみる。

「無……」

切通の暗闇の只中で呟いた言葉が揺れ上ってきて、尻尾の残像を様々に交差させながら蠢き、泳ぎ始める。黒い水の中で黒いものが細胞分裂をしている気配のようなものを感じるのに、まったく見えない。ただ、動いている。生まれている。これが、捕まる、ということなのか……。

「言葉」

「闇」……。

また現れるのだろう。プラナリアのように体をくねらせた白い女の裸体……。形を変えながら、言葉という結晶の断面のような四角四面のやつに切断されていく、のだろう。頭についた乳房、膕についた尻を震わせて、横っ腹に開いた口の奈落で闇を貪り食っていくはずだ。

捕まってはいけない。雨などは降らない。山門の中だけに自分もろとも地を叩き壊すような土砂降りが降り始めることはあっても、雨など降らないのだ。俺は思い切り夜気を吸って、眼を見開くと闇を睨みつける。

ただの夜。

ただの夜がそこにあった。

俺は茫然と当たり前にある闇の底を睨み続けながら、沈黙せざるをえない。だが、闇に慣れた眼を再び静かに閉じた時だった。初めて漆黒が、揺れる。傾く。浮く。闇の中で闇がはためき、傾《なだ》れて、また浮き上がり、まっさらな宙に鱗粉を振り撒くのが見えた。

そして、切り取られた闇の外を、言葉は知らない。

解説　意味の重力、無礙の境域

若松英輔

男は自らの身の上にふれ、誰にともなく呟くようにこう言った。「ドラマやら物語やらには、まったく興味も関心もなくなった作家なんだ……」。この言葉が、作中人物の告白に終わらないことは、作品を読み通してみれば瞭然とする。

関心が薄いということと、力量の有無とはまったく関係がない。世の中には、話の筋をどう組み立てるのかに腐心しながらも、造作のような言葉しか発することのできない小説家も少なくない。しかしその一方で、強く興味を抱かなくても物語が特定の作家を選んで現出することもある。藤沢周は明らかに後者だ。

この小説においてもドラマも物語も綿密に、また濃密に埋め込まれている。生者と死者、あるいは生霊、永遠と今、さらには現実界と実在界という交差する異なる次元で生起する事象が混濁なく描かれている。

作家が作品を生む。おそらく多くの人、あるいは作家と呼ばれる人たちもそう考えているかもしれない。だが、作者の実感は違うだろう。藤沢作品が作家を生むと感じている。さらに言えば作品の底を流れる出来事が、彼を書き手として用いているという体感がある。それが苛烈なまでの衝撃を伴うものであることは、先の一節をはじめ、作品の随所から感じられる。

世阿弥が語られ、鎌倉が舞台として描かれているのが遠因なのかもしれない。この作品を読みながらずっと、小林秀雄の言葉が念頭を離れなかった。小林も世阿弥にふれながら死者を語り、鎌倉で長く暮らした。

『感想』と題するベルクソンを論じた作品で小林は、この哲学者の思想の底を流れる通奏低音にふれ、「誤解を恐れずに言うなら、哲学者は詩人たり得るか、という問題であった」と書く。哲学者によって詩の秘密が語り出されることは可能かと問うのだった。

哲学者によって詩の秘義が解き明かされることがあるように、哲学の根本問題が文学者によって語り出されることもある。本書を手にしながら感じていたのは、誤解を恐れずにいえば、小説家は哲学者たり得るかという問題だった。

哲学の始祖プラトンですら、哲学の根本問題は言葉では表現できないと書いていて、哲学とは何かを決定的に言明した人物はこれまでには存在しない。ここでは、本作における、という留保をつけた上で、哲学とは、何の働きがどう世界をあらしめているのかを探究することである、と定義してみる。

あるとき男は、「光っているものを見ているうちはまだ駄目だ」と自らの内心に話しかける。光そのものと輝いているものは違う。輝くものは光によって照らされたものである。光にふれたものは輝くが、光そのものは目に映るように輝いてはいない。

古来、万物の根源を「光」という名で呼ぶ者は少なくない。ある者にとってそれは超越者の異名でもあった。『新約聖書』のヨハネ伝、プラトンの衣鉢を継いだプロティノス、中世イスラーム神秘哲学の泰斗スフラワルディ、そして華厳仏教もそのひとつだ。この小説にはしばしば仏教に関連する光景が描かれている。

円覚寺にしばしば言及されることからどこか禅仏教につながる空気を感じる読者もいるかもしれない。しかし、禅よりもほかのどの宗派よりも、この作品に色濃く浮かび上がるのは華厳仏教、あるいは、「玄牝の門」の一語があるように老子にさかのぼる東洋神秘哲学の世界にほかならない。

華厳の世界を象徴するものとして私たちに親しいのは、毘盧舎那仏《びるしゃなぶつ》を象《かたど》った東大寺の大仏だろう。「毘盧舎那」の原語は、ヴァイローチャナ Vairocana で、「万物を遍照する太陽」、「光明遍照」、「光」の仏を意味すると井筒俊彦はプロティノスと華厳仏教の共振を論じた一文で書いている。（「事事無礙・理理無礙」『コスモスとアンチコスモス』）

「事」は事物や事象、「理」は「理法」「ことわり」、万物に働きかけるエネルギーを指す。華厳では「事事無礙」あるいは「理事無礙」を説く。「無礙」とは間に区分、障壁がないことを指す。

「無礙」の境域を感じるために、言語を頼りに生きても人はそこに到達することはできない。むしろひとたび、言葉を手放さなくてはならない。世界の深層を描き出そうとするのをやめ、その意味の深みに身を浸してみなければならない。

冒頭から重力と重心という言葉が私たちの日常的な意味領域を少しはみ出たところで用いられるのに、読者は少し戸惑いを覚えるかもしれない。だが、そう書きながら当惑しているのは作者自身なのである。作家は、分かったことを書いているのではない。書くことによって今、遭遇しつつある存在の深秘を確かめようとしている。

重力は手にふれ、目に見える存在にだけ働くのだろうと男は感じ始める。しかし彼は、肉体が重力によって支えられているように、心も、あるいはその奥にある「霊」

すらも意味の重力によって生かされているのもどこかで知っている。

文章を書くのに才能が必要なのはもちろんだが、「読む」のにも才能がいる。言葉を読むというばかりでなく、未来、時代、空気すら「読む」と人はいう。「読む」という言葉はもともと、言語とは異なるものの意味を味わってみることだった。藤沢の精神において開花したのは、まず書くことよりも「読む」力だったように思われる。

雪の上に残った誰かの足跡を、まだ幼い自分は不思議でもの寂しい痕に感じている。まだ言葉を覚えるか、覚えないかの頃ではないだろうか。独りでいることを言葉にできないまま確かめるために、やはり足跡の歩幅よりも狭い足取りでゆっくり追っていたのだ。

足跡からだけでも、それを踏み残した者の心にある悲しみを感じ取る力を少年はもっている。そこには、文字とはまったく違う別種の「言葉」で人生の秘密が語られている。「よむ」才能とは解釈の力を身につけることではない。それは何ものかに呼ばれる力でもある。それは世界が発する、耳には聞こえない声にならない「声」を感受する能力であるといえるのかもしれない。

「よむ」という言葉は「読む」とも記されるが、「詠む」とも書く。「詠む」は「ながむ」とも読む。作中に霊妙なトポスとして描かれる円覚寺が建立された頃、「眺め」という言葉は、単に遠くに視線を飛ばすことではなく、この世の彼方、もうひとつの世界を感じてみることだった。作中に登場する他の人は世界を見ている。しかし、男はいつも、この世に生きつつ、彼方の世界を同時に「眺め」ている。

書物を「読む」には文字を覚えなくてはならない。しかし存在の意味を「詠む」のは微細なものを見過ごさない鋭敏な心があれば足りる。先の一節には次の一節が続く。

雪原の端には民家や防風林の黒い帯が横たわっていて、空には鉛色の渦がいくつも巻いていた。また雪の降り始める空気のにおいが鼻を痛くして、感情とは無関係に滲み出てくる涙が弥彦と角田山を震わせ、ふくらませる。俺はそれでもまだ言葉を知らない。

ここでも「それでも言葉を知らない」と言語によって作られる世界とは別種の経験であることが強調される。また、感情とは無関係に流れる涙は、確かにこの少年のものではないだろう。もうひとつの心が彼を通じて世界を感じている。この若者の身体を通じて、もう一度この世を深く認識し直している。

人は誰も幾人もの死者たちと共に生きている。ある人にとってそれは死者との共存のように感じられ、別種の人たちには前世や転生といった視座からこうした事象を語ろうとする。私たちが生きている此岸、死者や天界の者たちの暮らす彼岸、これらを隔てているのも言葉であることを男は本能的に認識している。言葉によって離れ、意味によってつながっていることを彼は、幼いときすでに経験していたのである。ただ、その実感を語る言葉を持たなかっただけだ。

雪の上の足跡からいつのまにか逸《はぐ》れて、まったく雪原のど真ん中で立ち尽くしていた幼い自分に、全方位が雪崩れ込んでくる。自分も雪の弥彦の山にも、細い枝先にも、雪面にも、枯れた葦にも、雪崩れ込む。湿って冷たい空気が自分になっている。いや、自分とは知らず、空気とも知らないで、冬が当たり前のように冬となっている。

ここに描き出されている光景こそ「事事無礙」あるいは「理事無礙」の境域にほかならない。自分も雪も山も植物もすべてそのままでありながら同時に幼い少年に流れ込む。少年という「事」と、さまざまに異なる他の「事」が、融即的に交わり合う。また、このとき同時に現実界に彼方の世界の「理」もまた流入している。

読者はこの小説を一気に読み通してもよい。しかし、うごめく絵画のように描かれたこうした場面の前にたたずむこともできる。それを深く感じ、ある月日を費やしてゆっくりとページをめくるという道もある。

代表作となる作品の場合、必然的にあるいは不可避的に書き手の精神の伝記、さらにこの本に出てきた表現を用いるなら「霊的」な自叙伝になる。

また、不思議なことだが、そこにはこれまでに起こったことだけでなく、まだやってきていないはずの将来の様子を語る言葉も含有されていることがある。

未来とは未だ来たっていない事象を指すが、将来は違う。それは将に来たっている現実にほかならない。藤沢にとって、あるいはこの作中の人物たちにとっても「将来」は、位相の異なる現在として感じられている。

すべての人が「将来」を知り得るわけではなく、そうした彼方の世界から託された言葉を作品に結実できる小説家はけっして多くない。管見ながら私は、それを実現し得た同時代人は、藤沢のほかにほんの幾人かしか知らない。

（批評家・随筆家）

＊本書は二〇〇九年七月、新潮社より単行本『キルリアン』として刊行されました（文庫化にあたり『あの蝶は、蝶に似ている』と改題）。

あの蝶《ちょう》は、蝶《ちょう》に似《に》ている

二〇一七年 一 月一〇日 初版印刷
二〇一七年 一 月二〇日 初版発行

著 者 藤沢周《ふじさわしゅう》
発行者 小野寺優
発行所 株式会社河出書房新社
〒一五一－〇〇五一
東京都渋谷区千駄ヶ谷二－三二－二
電話〇三－三四〇四－八六一一（編集）
〇三－三四〇四－一二〇一（営業）
http://www.kawade.co.jp/

ロゴ・表紙デザイン 粟津潔
本文フォーマット 佐々木暁
本文組版 有限会社中央制作社
印刷・製本 中央精版印刷株式会社

Printed in Japan ISBN978-4-309-41503-1

さだめ

藤沢周　40779-1

ＡＶのスカウトマン・寺崎が出会った女性、佑子。正気と狂気の狭間で揺れ動く彼女に次第に惹かれていく寺崎を待ち受ける「さだめ」とは……。芥川賞作家が描いた切なくも一途な恋愛小説の傑作。

ブエノスアイレス午前零時

藤沢周　41324-2

雪深き地方のホテル。古いダンスホール。孤独な青年カザマは盲目の老嬢ミツコをタンゴに誘い……リリカル・ハードボイルドな芥川賞受賞の名作。森田剛主演、行定勲演出で舞台化！

雪闇

藤沢周　40831-6

十年ぶりに帰った故郷の空気に、俺は狼狽えた──「仕事」のため再び訪れた新潟の港町。競売物件を巡り男は奔走する。疾走する三味線の音、ロシアの女性・エレーナ。藤沢周の最高傑作！

ひとり日和

青山七恵　41006-7

二十歳の知寿が居候することになったのは、七十一歳の吟子さんの家。奇妙な同居生活の中、知寿はキオスクで働き、恋をし、吟子さんの恋にあてられ、成長していく。選考委員絶賛の第百三十六回芥川賞受賞作！

東京プリズン

赤坂真理　41299-3

16歳のマリが挑む現代の「東京裁判」とは？　少女の目から今もなおこの国に続く『戦後』の正体に迫り、毎日出版文化賞、司馬遼太郎賞受賞。読書界の話題を独占し“文学史的事件”とまで呼ばれた名作！

青春デンデケデケデケ

芦原すなお　40352-6

一九六五年の夏休み、ラジオから流れるベンチャーズのギターがぼくを変えた。“やーっぱりロックでなけらいかん”──誰もが通過する青春の輝かしい季節を描いた痛快小説。文藝賞・直木賞受賞。映画化原作。

キャラクターズ

東浩紀／桜坂洋　41161-3

「文学は魔法も使えないの。不便ねえ」批評家・東浩紀とライトノベル作家・桜坂洋は、東浩紀を主人公に小説の共作を始めるが、主人公・東は分裂し、暴走し……衝撃の問題作、待望の文庫化。解説：中森明夫

みずうみ

いしいしんじ　41049-4

コポリ、コポリ……「みずうみ」の水は月に一度溢れ、そして語りだす、遠く離れた風景や出来事を。『麦ふみクーツェ』『プラネタリウムのふたご』『ポーの話』の三部作を超えて著者が辿り着いた傑作長篇。

肝心の子供／眼と太陽

磯﨑憲一郎　41066-1

人間ブッダから始まる三世代を描いた衝撃のデビュー作「肝心の子供」と、芥川賞候補作「眼と太陽」に加え、保坂和志氏との対談を収録。芥川賞作家・磯﨑憲一郎の誕生の瞬間がこの一冊に！

ブラザー・サン　シスター・ムーン

恩田陸　41150-7

本と映画と音楽……それさえあれば幸せだった奇蹟のような時間。「大学」という特別な空間を初めて著者が描いた、青春小説決定版！　単行本未収録・本編のスピンオフ「糾える縄のごとく」＆特別対談収録。

福袋

角田光代　41056-2

私たちはだれも、中身のわからない福袋を持たされて、この世に生まれてくるのかもしれない……人は日常生活のどんな瞬間に、思わず自分の心や人生のブラックボックスを開けてしまうのか？　八つの連作小説集。

岸辺のない海

金井美恵子　40975-7

孤独と絶望の中で、〈彼〉＝〈ぼく〉は書き続け、語り続ける。十九歳で鮮烈なデビューをはたし問題作を発表し続ける、著者の原点とも言うべき初長篇小説を完全復原。併せて「岸辺のない海・補遺」も収録。

そこのみにて光輝く

佐藤泰志 41073-9

にがさと痛みの彼方に生の輝きをみつめつづけながら生き急いだ作家・佐藤泰志がのこした唯一の長篇小説にして代表作。青春の夢と残酷を結晶させた伝説的名作が二十年をへて甦る。

ダウンタウン

小路幸也 41134-7

大人になるってことを、僕はこの喫茶店で学んだんだ……七十年代後半、高校生の僕と年上の女性ばかりが集う小さな喫茶店「ぶろっく」で繰り広げられた、「未来」という言葉が素直に信じられた時代の物語。

野ブタ。をプロデュース

白岩玄 40927-6

舞台は教室。プロデューサーは俺。イジメられっ子は、人気者になれるのか?!　テレビドラマでも話題になった、あの学校青春小説を文庫化。六十八万部の大ベストセラーの第四十一回文藝賞受賞作。

枕女優

新堂冬樹 41021-0

高校三年生の夏、一人の少女が手にした夢の芸能界への切符。しかし、そこには想像を絶する現実が待ち受けていた。芸能プロ社長でもある著者が描く、芸能界騒然のベストセラーがついに文庫化！

「悪」と戦う

高橋源一郎 41224-5

少年は、旅立った。サヨウナラ、「世界」——「悪」の手先・ミアちゃんに連れ去られた弟のキイちゃんを救うため、ランちゃんの戦いが、いま、始まる！　単行本未収録小説「魔法学園のリリコ」併録。

枯木灘

中上健次 41339-6

熊野を舞台に繰り広げられる業深き血のサーガ…日本文学に新たな碑を打ち立てた著者初長編にして圧倒的代表作。後日談「覇王の七日」を新規収録。毎日出版文化賞他受賞。解説／柄谷行人・市川真人。

祝福

長嶋有　41269-6

女ごころを書いたら、女子以上！　ダメ男を書いたら、日本一!!　長嶋有が贈る、女主人公５人VS男主人公５人の夢の紅白短篇競演。あの代表作のスピンオフやあの名作短篇など、十篇を収録した充実の一冊。

少年アリス

長野まゆみ　40338-0

兄に借りた色鉛筆を教室に忘れてきた蜜蜂は、友人のアリスと共に、夜の学校に忍び込む。誰もいないはずの理科室で不思議な授業を覗き見た彼は教師に獲えられてしまう……。第二十五回文藝賞受賞のメルヘン。

夏休み

中村航　40801-9

吉田くんの家出がきっかけで訪れた二組のカップルの危機。僕らのひと夏の旅が辿り着いた場所は——キュートで爽やか、じんわり心にしみる物語。『100 回泣くこと』の著者による超人気作。

掏《ス》摸《リ》

中村文則　41210-8

天才スリ師に課せられた、あまりに不条理な仕事……失敗すれば、お前を殺す。逃げれば、お前が親しくしている女と子供を殺す。綾野剛氏絶賛！大江賞を受賞し各国で翻訳されたベストセラーが文庫化。

無知の涙

永山則夫　40275-8

四人を射殺した少年は獄中で、本を貪り読み、字を学びながら、生れて初めてノートを綴った——自らを徹底的に問いつめつつ、世界と自己へ目を開いていくかつてない魂の軌跡として。従来の版に未収録分をすべて収録。

黒冷水

羽田圭介　40765-4

兄の部屋を偏執的にアサる弟と、執拗に監視・報復する兄。出口を失い暴走する憎悪の「黒冷水」。兄弟間の果てしない確執に終わりはあるのか？当時史上最年少十七歳・第四十回文藝賞受賞作！

ハル、ハル、ハル

古川日出男　41030-2

「この物語は全ての物語の続篇だ」――暴走する世界、疾走する少年と少女。三人のハルよ、世界を乗っ取れ！　乱暴で純粋な人間たちの圧倒的な“いま”を描き、話題沸騰となった著者代表作。成海璃子推薦！

アブサン物語

村松友視　40547-6

我が人生の伴侶、愛猫アブサンに捧ぐ！　二十一歳の大往生をとげたアブサンと著者とのペットを超えた交わりを、出逢いから最期を通し、ユーモアと哀感をこめて描く感動のエッセイ。ベストセラー待望の文庫化。

指先からソーダ

山崎ナオコーラ　41035-7

けん玉が上手かったあいつとの別れ、誕生日に自腹で食べた高級寿司体験……朝日新聞の連載で話題になったエッセイのほか「受賞の言葉」や書評も収録。魅力満載！　しゅわっとはじける、初の微炭酸エッセイ集。

埋れ木

吉田健一　41141-5

生誕百年をむかえる「最後の文士」吉田健一が遺した最後の長篇小説作品。自在にして豊穣な言葉の彼方に生と時代への冷徹な眼差しがさえわたる、比類なき魅力をたたえた吉田文学の到達点をはじめて文庫化。

まちあわせ

柳美里　41493-5

誰か私に、生と死の違いを教えて下さい…市原百音・高校一年生。今日、彼女は21時12分品川発の電車に乗り、彼らとの「約束の場所」へと向かう――不安定な世界で生きる少女の現在（いま）を描く傑作！

インストール

綿矢りさ　40758-6

女子高生と小学生が風俗チャットでひともうけ。押入れのコンピューターから覗いたオトナの世界とは?!　史上最年少芥川賞受賞作家のデビュー作、第三十八回文藝賞受賞作。書き下ろし短篇「You can keep it.」併録。

著訳者名の後の数字はISBNコードです。頭に「978-4-309」を付け、お近くの書店にてご注文下さい。